セリオス先輩
お兄様の姿をとらえたアベルが、
嬉しそうに名前を呼ぶ。
気のせいか、お尻にわんこのシッポが見えた。

モコ
レティシアの魔力を吸い取ってくれる可愛いもふもふ精霊。
レティシア・ローゼンベルク
小説「グランアヴェール」の最推しキャラ・セリオスの妹に転生した本作主人公。愛称はレティ。大好きな兄と自分の死亡フラグを折るべく日々奮闘中。
セリオス・ローゼンベルク
レティシアの兄で小説内ではラスボス化＆悲劇的な死の運命にあった青年。クールな性格で氷属性の魔力を持つ。病弱な妹レティを溺愛している。

フィオーナ・ハイクレア
小説ではセリオスの婚約者であった姫。エルヴィンの腹違いの妹。現在はアベルと同じく学園に通っている。
アベル
小説「グランアヴェール」で主人公となる少年。現在は正式に勇者として認定され、学園に通っている。
マリア
アベルの幼馴染である平民の少女。治癒魔法に適性があり、その力はかなり強い模様。

はぁぁぁぁぁぁ。やっぱりかっこいいいいいい。
推しが、私とお揃いの制服を着てるー!
これはファンサービスですか?
どこにお布施すればいいですか!?

グランアヴェール
Grand Avail
2
Author. 彩戸ゆめ
Illust. まろ
お守りの魔導師は
最推しラスボス
お兄様を救いたい

Contents

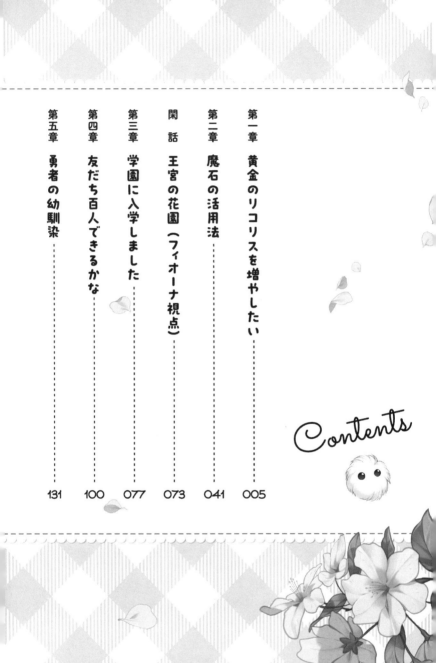

口絵・本文イラスト　まろ

第一章　黄金のリコリスを増やしたい

前世で大ファンだった小説『グランアヴェール《偉大なる未来の翼》』の世界に転生した私は、なんと最推《お》しであるセリオス・ローゼンベルクの妹、レティシア・ローゼンベルクになっていた。

セリオス・ローゼンベルクは、アイスブルーの切れ長の瞳《ひとみ》に、後ろでゆるく結んだ銀色の髪《かみ》の絶世の美貌《びぼう》を持つ次期公爵《こうしゃく》だ。

魔王討伐《まおうとうばつ》パーティーで共に戦う勇者アベルの親友で、婚約者《こんやくしゃ》は同じくパーティーで回復役をしているフィオーナ姫《ひめ》。

王太子エルヴィンも含《ふく》めた勇者一行は、エルヴィンの死という悲劇を乗り越《こ》えて、ギリギリの戦いで魔王を倒《たお》す。

普通《ふつう》はそこでハッピーエンド、なんだけど『グランアヴェール』はそこからが本番だった。

なんと勇者アベルの親友セリオスが、ラスボスになってアベルと敵対してしまうのである。

その理由は、婚約者のフィオーナ姫がアベルを愛してしまったから。

妹は魔力《まりょく》過多で死に、父も魔王軍との戦いで死んでしまう。

ローゼンベルク公爵家は継母《ままはは》に乗っ取られ、後継者《こうけいしゃ》の地位は幼い異母弟に奪《うば》われている。

そんな中で唯一《ゆいいつ》の光が、婚約者のフィオーナ姫だった。

それなのにフィオーナ姫はアベルを愛してしまって、セリオスは世界に絶望する。

ラスボスになったセリオスは、世界を滅《ほろ》ぼそうとして、結局勇者アベルに討《う》たれてしまうのだ。

前世の私は最終巻のここまで読んで、あまりのセリオス様の報《むく》われなさに興奮して、発《ほっ》作《さ》を起こして死んじゃったんだよね。

だってさぁ、セリオス様があまりにも可哀想《かわいそう》なんだもん。

元々、アベルの親友として登場した時からファンだったけど、婚約者のフィオーナ姫がアベルに惹《ひ》かれていくのを知って静かに身を引くシーンなんかは、もう涙《なみだ》なしには読めなかった。

SNSで『セリオス様を幸せにする会』っていうのを作って会長になるくらい、セリオス様が大好きだった。

だから『グランアヴェール』の世界に転生して、さらに最推しのセリオス様の妹になったのが分かった時は、興奮して死にそうになっちゃった。

いや、だって前世も病弱だったけど、今世も病弱なんだもん。

レティシア・ローゼンベルクは小説にちょこっとだけ出ている脇役《わきやく》で、生まれた時から魔力過多という病気を患《わずら》っていた。

魔力過多は治療法《ちりょうほう》のない病気で、体内の魔力が増えすぎると体が耐《た》え切れずに死んでしまうので、魔力過多で生まれてきた子供は例外なく短命だ。

魔力は成長と共に増えていくんだけど、興奮した時なんかは一時的にぶわっと増える。

でね、私は最推しのセリオス様の妹に転生した。

つまりあの麗《うるわ》しい顔が、いつもすぐ側にあるの。

それだけでも魂《たましい》が抜《ぬ》けそうになるのに「レティ」なんて名前を呼ばれて優《やさ》しく微笑《ほほえ》まれたら、当然、喜びのあまりに体内の魔力が膨《ふく》れ上がって死にそうになるよね。

そんな風に何度も死にそうになりながら、私が死んだらお兄様はラスボスになって勇者アベルに殺されてしまうと思って、発作に耐えて必死に生きてきた。

小説の中のレティシア《私》は、セリオスお兄様が学園に入学する前年に、生まれてから一度も目覚めることなく死んでしまう。

それをきっかけにお兄様は笑《え》顔《がお》を失ってしまい、学園では氷の貴公子と呼ばれることになるのだ。

だがしかし！

お兄様がお父様に頼《たの》んで私のために魔力を吸収してくれる毛玉のモコを探してくれたり、本来はアベルと契約《けいやく》する聖剣《せいけん》が勝手に話しかけてきて遠隔契約《えんかくけいやく》しちゃったりと、魔力過多の発作で死なないように頑張《がんば》ってきた。

そのおかげで私は小説とは違《ちが》ってベッドに寝《ね》たきりということも、衰弱《すいじゃく》して今にも死にそうだということもなくなった。

モコの毛を糸にして、聖剣の力を宿す針で刺繍《ししゅう》をすれば、絶大な効果を持つお守りができるのも分かった。

そして小説を読んで得た知識を生かしお兄様と協力して、私を毒殺してお父様の後妻におさまろうとしていたミランダ・ヘルの野望を阻止《そし》した。

そりゃあ確かにお父様はお兄様にそっくりなイケメンで公爵家の当主だから後妻の座を狙《ねら》うのは分かるけど、そのために子供を殺そうとする継母なんかがこの公爵家にやってくれば、お兄様が心を閉ざしてしまうのは当然よ。

しかもミランダは怪《あや》しい薬でお父様を魅了《みりょう》しようとしていた。

せめて自分の魅力《みりょく》でお父様を振《ふ》り向かせたのならともかく、薬を使うってありえないでしょ。

情状酌量《じょうじょうしゃくりょう》の余地なく、ミランダとその実家はお父様によって処罰《しょばつ》された。

ミランダが今どうしているのかは知らない。

それとなーく聞いてみたらお兄様が黒い感じの微笑みを浮《う》かべていたので、まあ、そういうことだろう。

そんな感じでこの世界に転生して五年が経《た》った。

そのうちの一年は意識がなかったから、体感では四年とちょっと。

もうね、なんかね、毎日が薔薇色《ばらいろ》です。

だって、朝起きてお兄様に「おはよう」のちゅーをほっぺにしてもらい、昼間は一緒《いっしょ》にお昼寝《ひるね》をして、夜寝る前には絵本を読んでもらってお休みのちゅーをしてもらう。

そんな毎日を送っているんだよ？

推しが！

毎日!!

ほっぺにちゅー!!!

こんな夢のようなことがあってもいいんだろうか。

前世で徳を積んだ覚えはないけど、きっと知らないうちにどこかの神様を助けたのに違いない。

神様仏様この世界の神様ありがとおおおお！

ちょっとだけ興奮したら、モコが私の魔力を吸ってくれた。

モコのふわふわの毛が逆立っちゃってる。

つい興奮しちゃってごめんね、モコ。

お詫《わ》びの気持ちをこめて、モコのふわもこの体をなでる。

うん。気持ちが落ち着いた。

ともかく、病気の特効薬になる黄金のリコリスはゲットできたし、ミランダの企《たくら》みは阻止したから、後はお兄様との幸せな生活を送るのみ。

やったね！

と、その前に特効薬を完成させるためには、聖剣のいた洞窟《どうくつ》に咲《さ》いていた黄金のリコリスを増やす必要がある、んだけど……。

黄金のリコリスはすべて根っこが繋《つな》がっていて、下手に傷つけるとすぐに枯《か》れてしまう。

しかもエルヴィンが洞窟内《どうくつない》のリコリスを剣《けん》で切り離《はな》してしまったので、一株を残して全部枯れてしまったのだ。

一株じゃ、特効薬を作るための実験ができない。

そこで何とか黄金のリコリスを増やすために、その貴重な一株を、お父様から誕生日プレゼントにもらった私専用の温室で育てている。

私専用の温室の中で咲いているのは、リコリスの花だけだ。

白に赤い縁取《ふちど》りのあるリコリスの花の隣《となり》に、金色に輝《かがや》くリコリスが一株だけ咲いている。

まるで宝石箱の奥《おく》にたった一つ残された宝物のように、ガラス越《ご》しの光を反射して輝いている。

このリコリスをもっと増やさないと特効薬ができないんだけど、なかなか思うように増えてくれない。

黄金のリコリスが咲いていた聖剣の洞窟と同じ環境《かんきょう》にしたほうがいいのかとちょっと暗くしたり、『増』っていう文字を刺繍したお守りを置いてみたりしたんだけど、イマイチ効果がない。

聖剣が言うには、黄金のリコリスは聖剣の魔力をたくさん含んで変異した花だから、聖剣の魔力に染まりすぎてお守りの魔力が効き辛《づら》いんじゃないかってことだった。

だったら聖剣の魔力をあげればいいのかと思って、聖剣に分身を作ってもらって地面に刺《さ》してるんだけど、それも効果がないみたいで全然増えない。

小説で特効薬を発明したロバート先生も行き詰《づま》ってるみたいで、なかなか解決策が見つからないのだ。

「うーん。どうして増えないんでしょう」

黄金のリコリスが増えてないかと一緒に見に来たお兄様に尋《たず》ねると、お兄様は残念そうに説明してくれた。

「ロバート先生によると、一度根が傷つけられてしまっているかららしいよ」

そっかぁ。

小説では洞窟いっぱいに咲いた黄金のリコリスの花を使って研究するために、王家が現地に研究所を作ったんだっけ。

必要な分だけ花を摘《つ》めばいいから、ダメージも受けずに枯れなかったんだろうなぁ。

エルヴィンに悪気があった訳じゃないのは分かってるけど、それでももうちょっと慎重《しんちょう》になってくれてたら、って思う。

まあ小説のエルヴィンも脳筋だったから、仕方がないんだけど。

一応反省はしたみたいで、たくさん謝《あやま》ってくれた。

もし黄金のリコリスが増やせなかったら、私はエルヴィンのことを許せないかもしれないと思ったけど、何度も何度も屋敷《やしき》に通って、リコリスを増やす方法はないかと考えてくれた。

その姿を見たら、許すしかないかなって思った。

でも。

でもね？

最近のエルヴィンはリコリスの増やし方を考える時間より、遊んでる時間の方が長いんじゃないかと思うの。

私たちの目の前には、地面に突《つ》き刺してある聖剣を抜こうと、何度も試《ため》しているエルヴィンとイアンがいる。

そりゃあさ、地面に刺さった剣があったら、抜いてみたいと思う気持ちは分かるよ。

実際それで私も聖剣を抜いたわけだし。

だけどその聖剣の分身は、黄金のリコリスの肥料になってるんだよ？

だから絶対に抜けないようにしてもらってるのに、なんで抜こうとしてるのよ。

ちなみに、イアン・ラッセルは騎士団《きしだん》長の息子《むすこ》でエルヴィンの側近候補だ。

もう一人の側近候補のお兄様がこういう子供っぽい遊びはしないから、側近候補というよりも、エルヴィンの遊び相手と言った方が正しい。

今も何回目かの謝罪に来たはずが、いつの間にかどっちが先に抜けるようになるかっていう競争をしてるし。

十一歳《さい》くらいの男子って、こういうものなのかなあ。

いつでも冷静沈着《ちんちゃく》でとっても賢《かしこ》いお兄様だけが、特別なのね。

「レティ、本当にアレと婚約《こんやく》するの？」

聖剣の分身に手をかけてうんうん唸《うな》っているエルヴィンを指したお兄様が、この世の終わりのような顔をしている。

そんな顔しなくても、これはお兄様がフィオーナ姫と婚約しないための偽《ぎ》装婚約《そうこんやく》なんですから、心配いらないですよ。

でもお兄様がそう思ってくれるのは嬉《うれ》しい。

だってずっと私と一緒にいたいと思ってくれてるってことだもんね。

心配いりません。私も同じ気持ちです、お兄様。

「お兄様は将来エル様のお手伝いをするんですよね？」

「まあ、そうなるだろうね」

実はお兄様は、今から未来の宰相《さいしょう》候補になっているのだ。

今の宰相はもう結構なお年で、そろそろ引退するのでは、って言われていた。

でも才気《さいき》煥発《かんぱつ》なお兄様と話をして、お兄様が成長するまでは現役《げんえき》でがんばる宣言をしたんだって。

あんまり印象に残ってないけど、小説での宰相はそこまでお爺《じい》ちゃんではなかった気がするから、お兄様の素晴《すば》らしさに気がつかなくて他の人に宰相職を任せたんだろう。

「そうするとお兄様は毎日お仕事で王宮にいくじゃないですか」

「そうだね」

「それでもし私が遠くにお嫁《よめ》にいったらお兄様とは会えなくなっちゃうけど、王宮だったらすぐに会えると思うんです。だからエル様と結婚《けっこん》するのもいいかなって」

お嫁に行くと言う言葉で絶望してるお兄様に、ちょっとほっこりしてしまう。

もー。まだ私五歳なんですから、結婚するとしても相当先ですよ。

私はまだまだお兄様とべったり仲良しでいたいですもん。

「確かに、それは言えるけど」

お兄様はチラリとエルヴィンを見る。

二人とも、まだ聖剣を引っこ抜けるかチャレンジをしている。

お兄様は大きく息を吐《は》くと、少年らしく骨ばってきた手で前髪《まえがみ》をかき上げた。

「まだ仮婚約だし、レティが大きくなったら気が変わるかもしれないし。それに僕《ぼく》がエルヴィンをレティにふさわしい男に鍛《きた》えるというのもありかな」

ひえっ。

お兄様がエルヴィンを鍛えるの？

それって凄《すご》くハードなお勉強になるんじゃ……。

私はそっと能天気に笑っているエルヴィンを見る。

がんばれ、エルヴィン。

「その時は私も微力《びりょく》ながらお手伝いをいたしましょう」

執事服《しつじ》を着ているランも参加してきた。

その横に立つ私専属の侍女《じじょ》ドロシーも、にっこり笑っている。

二人とも、やる気満々だ。

エルヴィン……大丈夫《だいじょうぶ》かな……。

このランは、エルヴィンたちが抜こうとがんばっている聖剣の本体だ。

聖剣を鍛えたのが鍛冶《かじ》神へパトスだからなのか、なんとランは人化した。

金色の目と長い黒髪《くろかみ》を後ろで一つに結んでいる絶世の美形で、お兄様の次くらいにはカッコイイ。

中身は聖剣でお爺ちゃんだけど。

『聞こえておるぞ、娘《むすめ》。我は人ではないので年寄りではない』

（勝手に考えてることを覗《のぞ》かないでって言ってるでしょ）

『わざわざ覗いたわけではない。勝手に流れてきたのだ』

（ちゃんとシャットアウトしてね。プライベートは大切に！）

『分かっておる』

そんなわけでイケメンになった聖剣グランアヴェールは、ランっていう名前で我《わ》が家《や》の執事をしている。

聖剣のあった洞窟のそばで、エルヴィンを殺そうとする一団と戦った時、お兄様の危機に遭遇《そうぐう》した私は魔力を暴走させてしまった。

幸いモコのおかげでお兄様が一命をとりとめたから何とか暴走しなかったものの、そのせいで私は倒れてしまって、三日後に起きた時にはなぜかランは完璧《かんぺき》な執事になっていた。

どうやら私が眠《ねむ》っている間に、お兄様がランに色々指導したみたい。

さすがお兄様！　あんな自分勝手な聖剣をこんなに立派な執事にするとは。

いやー、あの聖剣がこんなにちゃんとした執事になるなんて、思ってもみなかったなぁ。

受け答えも完璧だし。

ただし、契約者《けいやくしゃ》である私の心に語りかけてくる時は、今まで通りの聖剣である。

長生きしてるし言葉遣《ことばづか》いも古いし、なんだか遠縁《とおえん》のおじいちゃんみたいな気がしてたから、執事じゃない聖剣との会話はそれなりに楽しい。

お兄様との時間を邪魔《じゃま》しなければね。

「エルヴィン様、ふざけるのはいいですがそのリコリスを傷つけたら取り返しがつきませんよ」

エルヴィンを品定めするように見ていたお兄様は、まだ聖剣が抜けるかどうかで騒《さわ》いでいる二人を見て低い声を出した。

温室の中は快適な温度に保たれてるはずなのに、急に氷点下になったみたい。

でもそんな厳しい声を出すお兄様も大好き。

お兄様に注意されたエルヴィンとイアンは固まったように動きを止めて足元を見る。

そして黄金のリコリスが無事なのを確認《かくにん》すると、そろそろと後退した。

「もちろんだとも。なあ、イアン？」

「え、ええ」

将来は凄腕《すごうで》の剣士《けんし》になるイアンも、今はまだ十一歳の少年だ。

お兄様の迫力《はくりょく》にすっかり押《お》されてる。

やっぱりお兄様が最強ですね。分かります。

二人はしょんぼりしながら、温室の端《はし》っこに立った。

なんだか先生に怒《おこ》られて廊下《ろうか》に立たされる生徒みたいだ。

私は大きくため息をつくと、腕《うで》に抱《かか》えていたモコを顔の高さまで持ち上げて、ダメ元で話しかける。

「モコ、黄金のリコリスの増やし方を知らない？」

モコは黒い目をぱちくりと瞬《まばた》いて私を見つめ返す。

「やっぱり無理かぁ」

そうだよねぇと肩《かた》を落としていると、温室の隣に小屋を建てて住んでいるロバート先生が現れた。

でもいつもの清潔感あふれる姿じゃなくて、白衣はヨレヨレで無精《ぶしよう》ひげも生えて、目の下には真っ黒なクマがある。

「ロバート先生、大丈夫ですか？」

幽鬼《ゆうき》みたいな姿にびっくりしながらも声をかけると、目だけはギラギラしたロバート先生が私を見る。

「レティシア様、せっかくの黄金のリコリスをまだ増やすことができず、申し訳ございません……」

「ロバート先生ががんばってくれてるのは分かってるから無理しないで。ちゃんと食事は摂《と》ってるんですか？」

「食事……はい、それはちゃんと……」

目を逸《そ》らしながら言われても、まったく信ぴょう性がない。

チラっと後ろを見ると、いつもロバート先生に食事を運んでくれてる私の侍女のドロシーが、目を三角にしていた。

これはきっと、ドロシーが用意したご飯を食べずに研究に没頭《ぼっとう》していたに違いない。

ドロシーは普段《ふだん》はいつもニコニコしてるんだけど、怒ると怖《こわ》いんだよね。

特に体調に関してはかなり神経質で、私が魔力過多の病気ですぐ死にそうになるから、ちょっとでも無理するとめちゃくちゃ怒られる。

だからロバート先生は、後でたっぷりドロシーに怒られるといいよ……。

「それにしてもどうやったらリコリスが増えるんだろう。何かヒントがあればいいんですけど」

思わずぼやいてしまう。

小説ではリコリスを増やす必要がなかったから、どうすればいいのか分からないんだよね。

色々試してみるしかないんだろうなぁ。

「王立図書館と公爵家の図書館で情報がないか探したのですが、何も見つからず……」

ロバート先生が申し訳なさそうに言う。

ヨレヨレになるまで研究してくれてて感謝しかないので、そんな風に落ちこまないでください。

前世の知識を持つ私と最強のお兄様と、そして長生きしてたくさんの知識を持ってる聖剣がいれば、絶対に何とかなる。

何とかしてみせる！

「ロバート先生は学園の図書館を調べてもらえますか？　許可証は当家から申請《しんせい》しておきます。王宮内の図書館はあそこにいる王太子殿下《でんか》に頼んでみましょう」

お兄様の言葉にロバート先生がすぐに頷《うなず》く。

卒業生が学園の図書館を利用するためには、特別な許可が必要だ。

でもローゼンベルク公爵家が申請すれば、すぐに許可してもらえるだろう。

王宮図書館もそこで反省しているエルヴィンが案内してくれるから、大丈夫。

「ありがとうございます。よろしくお願いします」

パアッと顔を輝かせるロバート先生は、本当に嬉しそうだ。

そうだよね、これでずっと研究していた魔力過多の特効薬ができるかもしれないんだもん、嬉しいよね。

勢いよく頭を下げたロバート先生が、そのまま体勢を崩《くず》して倒れそうになる。

とっさにランが抱き留《だと》めたけど、ロバート先生、とりあえず何か食べないとダメなんじゃ……。

慌《あわ》ててランから体を離して、また倒れそうになってる。

私はすぐにドロシーにお願いする。

「ドロシー、何か先生に消化のいい食べ物を用意してあげて」

「かしこまりました」

きっとロバート先生が食事するまでドロシーがつきっきりで見てくれるだろうから、とりあえず安心かな。

特効薬作りに期待してるんだから、体調管理も万全《ばんぜん》にね！

「ロバート先生はとりあえずここに座《すわ》っててください」

私は温室にしつらえられている椅子《いす》を勧《すす》める。

先生は遠慮《えんりょ》してたけど、ランに無理やり座らせてもらう。

ドロシーが食事を持って来るまで、ここで待っててくださいね。

その間に、私とお兄様は黄金のリコリスの様子を見る。

やっぱりこれといった変化はない。

お守りもただ単に『増』っていう文字を刺繍したものを地面に置いただけじゃダメかなと思って、毎日色んな文字に変えてるんだけど、今日も効き目がなかったみたい。

私は残念に思いながらも、モコの毛で編んだ紐《ひも》でくくりつけたお守りをそっと外した。

「字を変えてもダメなのかなぁ」

未練がましくお守りを見てしまう。

やっと『殖』っていう文字のお守りが作れたから、今度こそはって思ったんだけどなぁ。

聖剣がその力を分け与《あた》えている針で漢字を刺繍すると、その文字通りの効果が表れる。

魔力過多の私には魔法《まほう》を発動することはできないけど、聖剣と契約したおかげで、針を通じて魔力をこめることはできるようになったのだ。

ただ難しい漢字になると魔力が足りないのか、文字が崩れてしまう。

何度も練習していくうちに刺繍できるようになる漢字もあって、『増殖《ぞうしょく》』っていう二文字は無理だったけど、リコリスを増やすために必死にがんばってなんとか『殖』の文字を刺繍できるようになった。

でも、ダメだった。

黄金のリコリスの中にある聖剣の魔力に対抗《たいこう》するために、針に聖剣の力を分けるんじゃなくて、温室に刺してある聖剣の分身と同じような針を作ってもらったんだけど、それでもうまくいかない。

なぜか枯れずにずっと咲いているからそれだけは良かったけど、正直、行き詰っている。

前世の記憶《きおく》を活用するといっても、栄養剤《えいようざい》を使うくらいしか知らないし、その栄養剤の原材料が何かなんていうことも全然知らない。

「図書館に何か参考になるような本があればいいんだけど……」

前世で何か植物の成長にいいようなことがあったと思うんだけどなぁ。

なんだったかなぁ。

「焦《あせ》らなくてもいいよ」

お兄様が私の頭をぽんぽんしながら、腰《こし》をかがめて目線を合わせてくる。

いつの間にか、こんなにうつむいてしまっていたみたいだ。

「絶対にこの温室中に黄金のリコリスを咲かせてみせるから」

お兄様のアイスブルーの目が、しっかりと私を捕《と》らえる。

なんの根拠《こんきょ》もないセリフのはずなのに、お兄様が言うと本当にそうなるような気がして不思議だ。

「いざとなればランに鍛冶神へ繋いでもらおう。そこから大地の女神《めがみ》へカーテに豊穣《ほうじょう》を願ってみようね」

確かにランは、いつもではないけど、鍛冶神へパトスと話すことができる。

そこから女神ヘカーテに頼んでもらうのはいい考えかもしれない。

確か鍛冶神は大の酒好きで、ヘカーテは甘《あま》い物が好き。

この世界に蒸留酒ってあるんだっけ？　なかったら、それを作って献上《けんじょう》すれば鍛冶神へパトスは喜ぶよね。

ヘカーテは甘い物かぁ。

実際に作ったことはないけど、クレープ生地《きじ》で作るミルクレープとかどうだろう。

材料は小麦粉、牛乳、卵、砂糖とかだし、あれなら練習すれば作れるような気がする。

じゃあいざとなったら、ランに頼もう。

(よろしくね、ラン)

そう伝えると、ランはちらりと私を見た。

『仕方があるまい。我と心話で話せる契約者はなかなかいないからな。だが百年ほど待てば勝手に増えるのではないか？』

(それって聖剣さん基準でしょ。百年後には私は生きてないから)

『なんと、幼子にもかかわらず、娘はたった百年すら生きられないのか？　人の一生とはそんなに短いのか』

聖剣にとってはあっという間なのかもしれないけど、人間には寿命《じゅみょう》があるからね。

（この世界での寿命は分からないけど、そんなものじゃないかな）

『そうなのか……。ではすぐに創造主に聞いて――』

（あ、とりあえずこっちでもうちょっと探してみる。どうしても分からなかったらよろしくね）

そう言うと、黄金の瞳がもの言いたげに私を見つめる。

その眼差《まなざ》しは、なぜ素直《すなお》に頼《たよ》らないのかと訴《うった》えかけているようだった。

だけどさ、何でもランに頼るのは違うと思う。

確かにランは鍛冶神の創った聖剣で凄い力を持ってるんだと思う。

私もその力を借りてお守りを作ってるわけだし、たくさん助けてもらってる。

ただ、何もしないで最初から頼るのは違うと思うんだ。

まずは自分たちの力でなんとかして、それでも解決できなかった時は、頼らせてほしい。

『承知した。我だけではなくフェンリルの幼体もお主と契約しておるのだ。すぐに限界を迎《むか》えるというわけではあるまい』

（うん。それも感謝してる。ありがとう）

私がお礼を言うと、ランはちょっと耳を赤くして横を向いた。

ふふ。照れてる。

「モコもいつもありがとね」

抱っこしているモコをなでると、気持ちいいのか喉《のど》を鳴らした。

見かけは子犬だけど、この仕草は猫《ねこ》っぽい。

前世ではずっと入院してて動物は飼えなかったから、いつまででもなでちゃう。

モコもなでられるのが嬉しいのか、ふさふさのしっぽをフリフリしている。可愛《かわい》い。

「そうだ。エル様、王妃殿下《おうひでんか》の庭に咲いてるリコリスは、どうやって増やしたか知ってる？」

黄金のリコリスほどじゃないけど、普通のリコリスも栽培《さいばい》が大変だって前に言ってなかったっけ？

どうやって増やしたんだろう。

「あの庭の専属庭師は王妃《おうひ》が実家から連れてきてるから、詳《くわ》しい話を聞くのは無理だ」

「そうなんですね。残念です」

黄金のリコリスを探す旅で二回も襲《おそ》われたエルヴィンは、あんなにも懐《なつ》いていた王妃を「義母上」と呼ばなくなった。

もちろん王妃が襲撃《しゅうげき》したと決まっているわけではない。

ただ王妃に近い家が関わっていたし、ほぼ確実に王妃が黒幕だったんだろう。

でもエルヴィンは何もなかったように振る舞《ま》った。

今だって、義母上と呼ばなくなっただけで、王妃の話を普通にする。

一度だけ、うちにきたエルヴィンがお兄様の肩を借りて泣いているのを見たことがある。

背中を向けていたエルヴィンは私に気がつくことはなかったけど、お兄様はそっと唇《くちびる》に人差し指を当てた。

その次の日もうちに来たエルヴィンはいつもと変わらなかったから、私も今までと同じように接するようにしている。

「セリオスがやる気になってるから大丈夫だろ。こいつなら鼻歌混じりで解決するさ」

エルヴィンがお気楽に私の背中をバンバンと叩《たた》く。その拍子《ひょうし》に少しよろめいた。

もー。私はまだ五歳児なんですからね。

もうちょっと手加減してくださいよ。

「レティ、大丈夫かい」

ちょっとよろめいただけだけど、お兄様がすぐに体を支えてくれる。

まだ少年なのにこの紳士《しんし》っぷり。さすがお兄様。

エルヴィンも少し見習うといいのに。

そんなんじゃ女の子にモテないぞ。

「お兄様が支えてくれたから大丈夫」

「エルヴィン殿下、僕はいつも女性には優しくと言っていますよね。大体君は――」

私の頭の上でお兄様がエルヴィンに説教する声を聞く。

いつ聞いてもいい声だなぁ。

この声で鼻歌なんて歌われたら、あまりの素敵《すてき》さに昇天《しょうてん》しちゃいそう。

んん？

ちょっと待って。

何か今、ひらめいた気がする。

お兄様の声が素敵って思ってて、その声で歌を歌って欲《ほ》しいとも思って……。

って、歌だ！

そういえば前世で植物に音楽を聴《き》かせると成長が早いって聞いたことがある。

子供たちが成人して暇《ひま》になったおばあちゃんが大学に通って、そこで植物に音楽を聴かせたらどうなるかっていう研究をしたんだよね。

それでクラッシックを聞かせた植物は成長が早いのが分かったんだとか。

ってことは、もしかしたら黄金のリコリスも音楽で成長する可能性がある？

歌ってみるのはすぐだし、ダメ元で実験してみよう。

「お兄様、歌はどうですか？」

「歌？」

「はい。植物に歌を聴かせてあげると、とっても良く育つって聞きました」

「どこで聞いたんだ？　そんなの」

疑わしそうなエルヴィンに、私はお兄様の腕の中でちょっと目を逸らす。

前世の記憶ですなんて言えないからどうしよう。

こういう時は自信満々に言うと疑われないんだよね。

私は迷いなく断言した。

「旅をしてる時に誰《だれ》かが言ってました」

「……そんなの誰か言ってたか？」

首を傾《かし》げるエルヴィンは、こういう時だけ勘《かん》が鋭《するど》い。

一方、お兄様は私がごまかしているのに気づいているのかいないのか、ちょっと目が笑ってるから多分気がついてるんだろうけど、素知らぬふりで私の提案を受け入れてくれた。

「試してみる価値はあるね。歌ってみようか。どんな歌がいいだろう」

歌きたああああああああ。

歌といえば、お兄様に歌って欲しい歌があるのです。

それはセリオス・ローゼンベルクのキャラクターソング。

そう。お兄様のためだけに作られた、お兄様の歌なのである。

今でもアカペラで歌える。

これをお兄様にも歌って頂きたい！

「お兄様！　前にランに教えてもらった歌があるのですが、ぜひお兄様に歌ってほしいです！」

私は思わずお兄様を拝んでしまう。

いや、だって、最推《お》しが！

最推しが目の前でキャラソンを歌ってくれるんだよ？

こんな最高のファンサービスってある？

『娘、落ち着け！』

聖剣の言葉と共に、モコの毛が逆立つ。

あ、ちょっと魔力《まりょく》があふれそうになっちゃった。

平常心、平常心。

すーはー。

深呼吸をした私は、お兄様の手を握《にぎ》る。
「お兄様、お願いします！」
「いいけど……どんな歌なの？」
私はさっそくランにペンと紙を用意してもらった。
そして心話でランに歌詞とメロディーを伝える。
それをランがお兄様に教えて……あ、こうやって聞くとランの声もいいなぁ。
聖剣おじいちゃんとは思えない艶《つや》のある声だ。
そしてランと音合わせをしたお兄様は、魂《たましい》が震《ふる》えるような美声で歌い始めた。
「星明かり照らす道、君の影《かげ》を追いかけて、
心はまるで、迷子のように彷徨《さまよ》っている。
夜の空の下で、僕はひとり、
君を思い、星に願いを込《こ》める。
『君がいつも笑っていますように』
君の隣で、僕はただ黙《だま》って、
君の話を聞き、君の笑顔《えがお》を見つめる。
夜の空の下で、僕はひとり、

君を思い、星に願いを込める。
『君がずっと幸せでありますように』
君を思う、それが僕の力、
君の夢を助け、願うのは君の幸せ。
言葉は風になって、君に届かないまま、やがて空へ溶《と》けてゆく。
溶けた想《おも》いは星になって、やがて君を照らすだろう
夜の空の下で、僕はひとり、
君を思い、星に願いを込める。
『君の心に、僕の想いが、少しでも届きますように』
ふあああああああああああ。
セリオス様のキャラソンを、セリオス様が目の前で歌ってるううううぅぅぅ！
こんな幸せがあっていいいんだろうか。
セリオス様を幸せにする会のみんな、楽園はここにあったよ！
感動であふれそうになる涙《なみだ》を必死にこらえる。
モコの毛が、あふれそうになる魔力で、さっきよりもケバケバしていた。
でも倒《たお》れなかったよ！

だって最推しの歌声を全部堪能《たんのう》しないで気絶したら、一生後悔《こうかい》するもん。

モコと聖剣《せいけん》のおかげで今のところは発作《ほっさ》が抑《おさ》えられてるからね。根性《こんじょう》で立ってたよ！

「へえ、いい歌じゃん」

「そうですね。片思いの歌でしょうか」

エルヴィンとイアンの会話に激しく頷く。

そーなのよー。

これはね、フィオーナ姫《ひめ》を思うセリオス様の歌なの。

アベルに惹《ひ》かれていくのを知って、一人静かに身を引く時の歌なのよー！

切ない。

でもその報《むく》われない思いに身を焦《こ》がすセリオス様が尊い。

もちろん実際にお兄様にそんな思いはさせないけど。

「どうかな、ラン。リコリスに変化はある？」

お兄様の問いに、ランが少し驚《おどろ》いたように答える。

この反応は、もしかして成功した？

「ほんのわずかですが、成長する気配を感じました。ですが」

おおおおおっ。

少しでも成長したなら凄いよ！

やっぱりお兄様の歌声には、不可能を可能にする力がこめられているのね。

「たくさん増えるにはまだ足りないというわけだね」

「その通りです」

ランの言葉にお兄様は少し考える素振《そぶ》りをする。

「ラン、今の歌を歌えるかい？」

ランはしばらく考えた後に頷いた。

「レティは？」

私ですか。

もちろん歌えますとも！

「じゃあ三人で歌ってみない？」

ふおおおおおおおおお。

それってもしかしてお兄様と夢のデュエット⁉

ランもいるからトリオだけど、お兄様と歌えるなら何でもいい！

もももももちろん大歓迎《だいかんげい》ですとも－！

私は感動して言葉が出ないままコクコク頷いた。

「エルヴィンとイアンはどう?」

エルヴィンは頭の後ろに手を回して「無理に決まってるだろ」と唇をとがらせた。

子供っぽい。

「歌はちょっと苦手で……」

そういえば、イアンって音痴《おんち》なんじゃなかったっけ。

一応キャラソンを作ってもらってたけど、声優さんが歌の苦手な人で、かなり個性的な歌になってたような……。

私はイアンの歌声を思い出してちょっとだけ冷静になった。

うん。イアンには歌うのを遠慮してもらおうかな。

だってもしかしたら、リコリスが枯《か》れちゃうかもしれないんだもの……。

「じゃあ三人で歌ってみようか」

「はい!」

元気に返事をすると、お兄様がにっこりと微笑《ほほえ》んだ。

ああ、まだ少年だというのに、何て麗《うるわ》しい。

お兄様の提案で、黄金のリコリスを囲むように立って手を繋《つな》ぐ。

前世のセリオス様を幸せにする会のみなさーん。

私、桜井真奈《さくらいまな》は、生まれ変わってこんなに幸せになりましたよ〜！

お兄様の合図と共に、セリオス・ローゼンベルクのキャラクターソングを歌う。

高く、低く、そして感動的に。

そして私はお兄様へのほとばしる愛をこめて。

「リコリスが……！」

驚いたようなイアンの声に黄金のリコリスを見てみると、輝《かがや》きが増しているような気がする。

リコリスの花粉が落ち、黄金の絨毯《じゅうたん》のようになる。その上に細い根が伸び、広がっていく。

『讃美歌《さんびか》は神に捧《ささ》げる歌。レカーテに届いたのだ』

歌いながらランが心話で話しかけてくる。

（ええっ、讃美歌？）

確かにお兄様を讃《たた》える歌ではあるけれども、女神様を賛美してないよ？

『どの神に捧げられるかは問題ではない。どれほどの気持ちで願うかだ。そして歌は女神に届き、豊穣の力が満ちた』

（そっか……。私のお兄様を思う気持ちが女神様にも通じたってことだよね）

つまり私がお兄様を推すのは、女神様公認《こうにん》ってことだ。

感謝の気持ちをこめて歌うと、さらにリコリスの根が広がっていく。

黄金のリコリスの花びらは、まるで小さな太陽そのもののように輝いていた。

私たちが歌い続けると、黄金のリコリスはさらに美しく輝き始める。

根のように見えたのは、きっと地表に伸びる地下茎だったのだろう。

前世で咲いていたリコリスは球根で増えていったから、不思議な気持ちになる。

そこから茎が上へ上へと伸びてゆき、やがていくつもの小さな金色のつぼみが現れた。

そして音楽に合わせて踊《おど》っているかのように、リズムに合わせてゆっくりと花が開き始める。

歌うたびに、一輪、そしてまた一輪と黄金のリコリスが増えてゆく。

それはまるで、さざめく波のようにも見えた。

咲《さ》き誇《ほこ》るリコリスの花から金色に輝く花粉がこぼれ落ちて床《ゆか》を染めていき、目の前に黄金の海が広がった。

歌い終わると、そこにはたくさんの黄金のリコリスがあった。

「奇跡《きせき》だ……」

感動したようなロバート先生の声が聞こえる。

いつの間にか戻《もど》ってきてたドロシーも、目を潤《うる》ませている。

そうだね。きっとこれは、お兄様を思う私に大地の女神様が見せてくれた奇跡だ。

歌の余韻《よいん》もそのままに、私は立ち上がって両手を握っているロバート先生を見る。

「先生、これで研究がはかどりますか？」

「ああ、ああ。もちろんだよ！　さっそく研究しなくては」

ロバート先生はクマのある目を輝かせると、さっそくリコリスを採集し始めた。

エルヴィンのようにいきなり根を切るなんて乱暴なことはせず、まずは花粉を採取して、そっと花びらを摘《つ》んでいた。

良かった。きっとこれで魔力過多の特効薬ができる。

そしたら、私が死んでお兄様がラスボスになる未来はこない。

本当に良かった……！

『娘、良かったな』

私はモコのふわふわの毛に頬《ほお》を寄せながら、執事服のランに微笑みを返した。

第二章　魔石の活用法

リコリスの栽培が順調になった後は、ただひたすらロバート先生の研究を待つのみなので、私は今までよりもちょっぴり心に余裕《よゆう》ができた日々を送っている。

今は、今日の分の勉強も終わって、お兄様とお茶をするためにお庭の東屋《あずまや》へうきうきしながら向かっているところだ。

お兄様は剣術《けんじゅつ》の稽古《けいこ》の後だから、着替《きが》えてから来ることになっている。

汗《あせ》をかいたままレティの前には出れないからね、なんて爽《さわ》やかに言われて、本当に心臓が止まるかと思った。

心臓は止まらなかったけど、当然のことながら、発作は起きそうになった。

毎回モコのおかげで助かってるけど、お兄様はもう少し、自分の魅力《みりょく》というものに気がついて欲しい。

神の創りし最高傑作《けっさく》のお兄様は、存在しているだけでも素敵すぎる。

それはもう仕方ない。

だからお兄様にその自覚がないならば、私ががんばって慣れるしかない。

いつか慣れる日が来るのかどうかは謎《なぞ》だけど。

「そういえば王宮の図書館にも行ってみたいんだよね」

「リコリスの栽培には成功したのだから、もう行く必要はないのでは？」

私と一緒《いっしょ》に東屋へ向かっている聖剣執事《せいけんしつじ》のランの言葉に、「そうなんだけどね」と肩をすくめる。

確かにそうなんだけど、王族とその婚約者《こんやくしゃ》しか入れない王宮図書館の特別室にある希少本を読める機会なんてそうそうないだろうから、いずれは行ってみたい。

ただ正式にエルヴィンと婚約したわけじゃないから、まだお預けかな。

というか、良く考えたら、いくらローゼンベルクの娘《むすめ》だといっても、魔力過多でいつ死ぬか分からない私が婚約者候補になるっていうのもおかしいよね。

だって王妃になるとなったら、一番の仕事は後継者《こうけいしゃ》を産むことだ。

でも私はそもそも結婚《けっこん》できる年齢《ねんれい》まで生きられるか分からないから、いくらお父様がローゼンベルク公爵《こうしゃく》家の権力を駆使《くし》したとしても、普通《ふつう》は婚約者に選ばれない。

それでもほぼ私に決まりそうなのは、もちろん私がローゼンベルク公爵家の娘ということもあるけど、私の作るお守りにも関係している。

最近ちょっとだけ魔力が増えたから、『どくけし』からレベルアップして『解毒《げどく》』のお守りを完成させられるようになった。それを王族に提供しているのだ。

これで王族たちは毒に怯《おび》えずに、温かい食事を摂ることができるようになった。

確かエルヴィンのお菓子《かし》に毒が入れられていて、毒見役が亡《な》くなった事件があったはず。

これからはこんなことが、絶対とは言えないけど起きなくなる予定だ。

それもあって、

「レティシアが魔力過多で死ぬまでは、婚約者として王家に取りこんでおこう」

そんな思惑《おもわく》があるんだと、婚約予定のエルヴィンから聞かされた。

ごめんな、って謝《あやま》られたけど、まあそんなトコかなーと思ってたから特に何も思わない。

ひょっとしてエルヴィンにもっと有力な婚約者をつけて力を持たれたら困ると思った王妃の差し金もあるのかなって考えてたくらいだし。

残念ながら魔力過多の特効薬を見つけて長生きしちゃう予定ですけど。

とりあえず私が先にエルヴィンと婚約していれば、ローゼンベルク家に権力が集中しすぎるのを避《さ》けるため、お兄様とフィオーナ姫の婚約はなくなる。

私はお兄様とフィオーナ姫の婚約を阻止《そし》できれば、他のことはどうでもいいのです。

「うーん。お守りもいいんだけど、いつもお兄様とずっと一緒にいられるようなお揃《そろ》いの何かが欲しい」

前世で公式から出ていたセリオス様グッズは、すべてアイスブルーで統一されていた。

だから推し色で作ったお守りは、いわば非公式の推しグッズ。

それはそれで持っていると嬉《うれ》しいんだけど、お守りだとあんまり誰かに見せびらかせるって感じじゃないから、もっとこう、一目でお兄様とお揃いだって分かるアイテムが欲しいんだよね。

まず思いつくのは指輪かなぁ。

実は二歳《さい》の時に、前世で発売されてた『グランアヴェール』のコラボ指輪の再現を考えたことがある。

色んなキャラのイメージリングが発売されてて、もちろんお兄様の指輪も発売された。

アイスブルーサファイアっていう薄《うす》い水色のサファイアの横に、小さなピンクサファイアがついているという、まるでお兄様と私が寄り添《そ》っているような指輪で、もちろん私も持っていた。

色んなキャラのイメージリングが発売されたんだけど、一番人気はお兄様の指輪だったから、後から豪華《ごうか》バージョンが発売されたんだよね。

お兄様の目の色をイメージする冷たい冬の空を思わせるアイスブルーダイヤと、私の髪《かみ》の色を連想する春の朝日が照らす桜の花びらのような優《やさ》しいピンクダイヤが、星のような美しい輝きのダイヤに囲まれて優雅《ゆうが》に寄り添っている指輪はかなりの高額だったから、受注生産になっていた。

それでも熱心なファンで購入《こうにゅう》した人はいて、私が会長を務めていた『セリオス様を幸せにする会』でも、副会長が購入してSNSに写真をアップしていた。

私も凄《すご》く欲しかったけど、ずっと入院していてアルバイトもしたことがない私にはとうてい手の届かない値段だったから諦《あきら》めた。

でも今だったらローゼンベルク公爵家の有り余る資産であのコラボ指輪を再現できる！

そう考えた私は、二歳くらいの時にお父様におねだりして、理想の指輪を作ってもらうことにしたのだ。

必要なのはお兄様をイメージする、アイスブルーの輝きを持つ宝石。

でもねー、これがねー、なかったのよ。

お父様の色でもあるから、かなり真剣《しんけん》に探してくれたんだけど、これっていう色が見つからない。

しかも、どこかに埋《う》もれてるのかもしれないけど、宝石の周りを取り巻くダイヤモンドがこの世界には存在してなかった。

あったのは、私の髪の色であるピンクサファイアだけ。

これには困った。

だって他の色で代用したら、お兄様と私のコラボ指輪じゃなくなっちゃうもん。

百歩譲《ゆず》ってダイヤは見つからなくてもいいけど、お兄様色の宝石だけは譲れない。

他に何か代用できるものはないんだろうかと探したら……あるにはあった。

お兄様のイメージのアイスブルーの輝きで、固くてキラキラしている石。

それは宝石じゃなくて、魔石だった。

魔石とは魔物《まもの》が死ぬとできる魔力の塊《かたまり》で、多くはころんとした丸い形になっている。

球体の時もあれば楕円形《だえんけい》の時もあって、その形は一定じゃない。

魔物の属性によって色が違《ちが》っていて、寒い地方の魔物が落とすのが、綺麗《きれい》なアイスブルーの魔石だった。

ただとても固くて、カットができないのが難点だ。

丸いカボションカットの指輪も可愛いけど、やっぱりコラボ指輪とそっくりの、ダイヤの輝きを一番引き出せるブリリアントカットの指輪が欲しい。

それで泣く泣く断念した。

だがしかし、現在の我《わ》が家《や》には世界一切れ味の良くて頑丈な剣《聖剣グランアヴェール》がある。

きっとランなら私の期待に応えてくれることだろう。

「ねえラン。ランの剣はどんな硬《かた》いものも切れるって聞いたけど、本当？」

「ええ、そうですね」

屋敷《やしき》の中でも、私の移動には聖剣執事《しつじ》のランと侍女《じじょ》のドロシーがついてきてくれている。

ドロシーはランの本体が聖剣だって知らないので、こんな抽象的《ちゅうしょうてき》な会話になってしまう。

きっとドロシーは、執事がどうしてそんなに凄い剣を持っているんだろうって疑問に思ってるだろうけど、わざわざそれを口に出したりはしない。

ドロシーはとても優秀《ゆうしゅう》な侍女なのだ。

「魔石はどう？」

「切れますね」

あっさり答えるランに、ドロシーがわずかに身じろぎした。

魔石は硬くて切れないっていうのが常識だから、びっくりするよね。

ここからは内緒《ないしょ》の話にしようっと。

（前に切ったことがあるみたいだね）

『うむ。以前の勇者が魔物を斬《き》った時に、ついでに切れたことがある』

凄いな聖剣。

ついでで魔石が切れちゃうんだ。

（そしたら魔石を宝石みたいな形に切ることもできる？）

『我は聖剣だぞ。なぜそんな俗《ぞく》なことをせねばならぬ。大体、そなたの持つ針や温室の剣を分身として使わせることすら、我にとっては不本意だというのに』

チラリとランの金色の目が私を見下ろす。

私は冷めた声で返した。

（お守り作るのノリノリだったじゃない。こんなことができるのかって）

まだ聖剣に会う前は、普通の針に力を貸してくれてたんだけど、その針とモコの毛で漢字を刺繍《ししゅう》するとお守りになるのが分かってから、聖剣は大喜びしてた。

長生きすると新しい経験をすることがないから新鮮《しんせん》だったんだって。

『む……しかし、針はともかく温室の剣は』

（ないと私が死ぬから）

『むむ……』

まったくもう、まだボケるのは早いでしょ。

魔石を切るのが嫌《いや》なんだろうけど、コラボ指輪を作るためには絶対に協力してもらうつもりだから！

（あ、そっか。宝石みたいに綺麗に切る自信がないんだ。そっかー、それは仕方ないかなあ）

残念そうに言うと、ランの唇の端《はし》がぴくぴく動くのが少し見えた。

『魔石を切るくらい簡単にできる』

（だよね、何でもできる聖剣だもんね。じゃあ、はい、これ）

東屋に着いた私は、椅子《いす》に座《すわ》るとポケットから魔石を取り出した。

アイスブルーの魔石を見たランが固まる。

「これは何ですか」

動揺《どうよう》しながら聞くランに、私は「こんなこともあろうかと」とにこにこして答える。

「お兄様の瞳《ひとみ》の色にそっくりだから持っていたの。これを宝石みたいに切ってみて」

いやー。あまりにもお兄様カラーだったから、ついついポケットに入れて持ち歩いちゃってたんだよね。

こういうの、備えあれば患《うれ》いなしって言うんだっけ？

ランはじっとテーブルの上の魔石を見る。

そして大きくため息をついてから、左の手の平から剣を出した。

おお、いつ見ても厨二《ちゅうに》っぽくてかっこいいね。

「絶対ブリリアントカットにしてね」

私は脳内でキラキラ輝くダイヤモンドを思《おも》い浮《う》かべる。

ダイヤモンドの反射と屈折率《くっせつりつ》を考慮《こうりょ》して、最も美しく輝く型にしたのが、ブリリアントカットだ。

すべてが完璧《かんぺき》なお兄様にふさわしい形は、このブリリアントカットしかないよね。

私は何か言いたげなランを無視して魔石を見る。

「少し離《はな》れていてください」

「はーい。モコもこっちにおいで」

モコを連れて、私は大人しくテーブルから離れた。

ランはやる気がなさそうにテーブルを見ている。

そしてやる気がなさそうな態度とは裏腹に、目にもとまらぬ速さで魔石を切った。

「え、すご」

思わず声に出ちゃうくらい、ランはあっという間に魔石をカットした。

アイスブルーの見事なブリリアントカットの魔石が出来上がった。

「綺麗……」

手に取ってみると、ちゃんとブリリアントカットになってる。

お兄様の石だ……。

私の目の前でお兄様の石が生まれた。

なんだか凄く感動しちゃう。

「レティ、お待たせ」

「お兄様！」

ちょうどピッタリのタイミングでお兄様がやってきた。

私はできたてほやほやの、ブリリアントカットの魔石を持ってお兄様の元へ行く。

剣技の修練の後で軽く汗を流したのか、お兄様からは石鹸《せっけん》の香りがする。

ほわぁ……。いい匂《にお》い……。

って、こんなことしてる場合じゃない。

お兄様にお兄様の石を見せなくっちゃ。

「お兄様これを見てください」

手に取っていた魔石をお兄様に渡《わた》す。

お兄様はそれを日にかざして見た。

「これは……もしかして魔石？　でも一体どうやって」

さすがお兄様、一目見てこれが魔石だと分かった。

「ランが剣でカットしてくれました」

お兄様は一瞬《いっしゅん》ランを見て、なるほど、という表情をする。

「見たことがない形だけどとても綺麗だね。光がたくさん反射している」

「お兄様の色の石です」

「僕《ぼく》の瞳の色、かな？　こんなに綺麗じゃないと思うけど」

「お兄様の目のほうがずっとずっと綺麗です」

そう断言すると、お兄様は照れたように笑った。尊い。

「ありがとう。それにしても凄いね、魔石をカットできるなんて思いもしなかったよ」

「ですよね。ランのおかげです」

「やっぱりランは頼《たよ》りになるね」

ほめられて嬉しいのか、ランの頬がちょっぴり動いた。

「これはアクセサリーにするの？」

「指輪を作りたいです」

「指輪か。指輪は、レティがもう少し大きくなってからのほうがいいんじゃないかな」

確かにそうなんだよね。

大きくなってからの指輪のサイズなんて分かんないだろうしなぁ。

フリーサイズにしておけば今でも大丈夫《だいじょうぶ》だと思うけど、ちょっとゴツくなっちゃうからあんまり好きじゃないんだよね。

うー。

仕方がない、他のものにしようかな。

そうだ。ネックレスはどうだろう。

それともピアスがいいかな。ずっとつけていられるし。

お兄様の目の色のアイスブルーと、私の髪の色のピンク色で作ったら素敵だろうなぁ。

ネックレスでもピアスでも推しとお揃いならどっちでもいいや。

コラボ指輪をつけられないのは残念だけど、それはもうちょっと大きくなってからのお楽しみにしておこう。

「お兄様がつけるとしたら、ネックレスとピアス、どっちがいいですか？」

うん。ここはお兄様にどっちがいいか聞いてみよう。

お兄様は少し考えるようにして「ピアスかな」と言った。

了解《りょうかい》でーす。

ピアスを作成に決定しましたー！

「魔石のアクセサリーって、何か効果があるんでしたっけ？」

「魔石の魔力を引き出して使うことはできるよ。同じ属性のほうが使いやすいね」

「ということは、この魔石は氷属性だから、同じ属性のお兄様は使えるけど火属性のエル様は使えないってことですか？」

「使えないとまでは言わないけど、本来の威力《いりょく》の十分の一も引き出せないんじゃないかな」

お兄様は手の平に乗せたブリリアントカットの魔石を色んな角度から見ている。

うふふ。光の反射が素晴《すば》らしいでしょう。

ランがもっとカットに慣れたら、きっともっと素敵な宝石になると思う。

ラン、期待してるからね！

「それにこの大きさだと大した魔力は引き出せないと思う」

お兄様が持っている魔石は、小指の先くらいの小さなものだ。

確かに魔力はそんなに含《ふく》まれていなそう。

それ以上となると、ピアスじゃなくてネックレスにしないとダメだと思う。

でも、ピアスにしたいんだよなぁ。

魔石に何か特別な効果ってつけられないかな。

私はお兄様の手の平の上にある魔石をじっくり見る。

確かダイヤも固くて切れないけど、ダイヤを使って削《けず》ってるんだよね。

だとしたら、この魔石もナイフみたいな魔石で切ればいいのかな。

魔石は固いけど、聖剣なら切れる。

ということは、聖剣彫刻刀《せいけんちょうこくとう》を作ってもらえばいいんじゃない？

小さい石だから漢字を彫《ほ》るのは難しいだろうけど、工作用の小さい彫刻刀ならいけそう。

前世で消しゴムハンコを作るのにハマったことがあるんだけど、その時に使った細い彫刻刀みたいなのが持ち手にストッパーみたいなのがついてて使いやすかった。

「ねえ、お兄様。この魔石にお守りの文字を彫ったらどうでしょう」

「お守りの文字を？」

「そうしたらピアスがそのままお守りになりそう」

「確かにピアスなら常に守られていいのかな」

そうでしょう、そうでしょう。

お兄様が学園に行くようになっても、これなら安心です。

そう思っていたら、お兄様が持っていたアイスブルーの魔石を私の耳に当てた。

「うん。似合う」

モコー！

緊急《きんきゅう》事態発生です！

お兄様が私を倒しにきてます。至急魔力を吸収してくださあああい！

モコが足元からジャンプしてきて私の腕《うで》に収まる。

途端《とたん》に、体の中でふくらんでいた魔力がすうっとなくなっていくのが分かる。

あ、危なかった……。

あまりの麗しさに、色んな意味で天国が見えた。

「レティ、ごめんね、大丈夫？」

発作を起こしそうになったのが分かったのか、お兄様がしょんぼりとしている。

また発作が起こっちゃうから、そんなカッコかわいい顔をしちゃダメですってば。

何としてでも平常心を保たなくちゃ。

私は気を逸《そ》らすために、呆《あき》れたような表情のランを見る。

うん。これで何とか動揺が収まりそう。

（ねえ、ラン。分身を使ってこんな感じの彫刻刀を作ってくれない？）

私は心話でイメージを伝える。

『できなくはないが、分身を作りすぎると力が分散するぞ。お主の持つ針を彫刻刀にするほうが良い』

（そっか。分かった。えーと、じゃあドロシーには席を外してもらうからちょっと待って

てね）

ドロシーはランが聖剣だってことを知らないからね。

信頼《しんらい》してないわけじゃないけど、あえて伝えることでもないんで、お父様やお兄様と相談して、秘密にすることにした。

『ドロシーであれば、気にせずとも良いぞ。我がお主の執事になったのは、それだけ特別な力を持っているからだと思っているようだからな』

（えー、そうなの？）

ランから話を詳《くわ》しく聞くと、屋敷の人たちは、お父様とお兄様が溺愛《できあい》している私の専属執事なのだから、本来は護衛の仕事をしている凄腕《すごうで》の冒険者《ぼうけんしゃ》を雇《やと》ったんだろうと思われているんだとか。

確かにランの本職は執事じゃないけど、それにしたって凄腕の冒険者だと思われてるなんて知らなかったなぁ。

でもいくら凄腕の冒険者でも、手から剣は出てこないし、針を彫刻刀には変えないと思うんだけど。

『これから先も側に置くのであれば、信頼するが良い。このものは裏切んと思うぞ』

私もドロシーが裏切るとは思ってないんだけど、知らない方が安全ってこともあるから悩《なや》むところなんだよね。

『お主の専属侍女なのだし、覚悟《かくご》はしているだろう』

あー、まあ、そっか。そうだよね。

私の専属侍女ってだけで、ドロシーは狙《ねら》われる可能性がある。

だってドロシーを利用できれば、私が食べるものに毒を入れることができるし、私がいつどこに出かけるかってスケジュールも全部筒抜《つつぬ》けになる。

もちろんドロシーは絶対そんなことしないけど、過去には家族を人質《ひとじち》に取られて言うことを聞かされたなんていうケースもあった。

ドロシーは侍従長《じじゅうちょう》の姪《めい》で身元がはっきりしてるから、そこは安心だよね。

両親は一応ローゼンベルクの分家の分家のそのまた分家くらいの家らしいけど、定期的にローゼンベルク家の調査が入ってる。

外出する際は護衛がつくくらいの徹底《てってい》ぶりだ。

よく、弟が病気でその薬代を稼《かせ》ぐために主人を裏切るとか、実家が傾《かたむ》いてその借金を返済するためにとか聞くけど、その辺ローゼンベルク家はきっちりしてる。

特に私はミランダに殺されかかったことがあるから、慎重《しんちょう》みたい。

うん。ドロシーを信じよう。

それにたとえなにかがあったとしても、私には最強のお兄様と聖剣ランとフェンリルのモコがついてくれてるからね。

「ねえラン、この針を彫刻刀にして欲《ほ》しいの」

私は肌身《はだみ》離《はな》さず持っているお守り作りセットから針を取り出す。

お守り作りに活躍《かつやく》している、聖剣の分身針だ。

「承知いたしました」

針を受け取ったランは手の平の上に針を置く。

すると針がすうっとランの体に吸いこまれた。

ランが何もない手の平を握《にぎ》る。

再び開いた時、そこには一本の彫刻刀があった。

ドロシーが背後で息を飲む気配がした。

私はランから前世で使っていたのと寸分変わらない彫刻刀を受け取った。

まだ五歳の私の手は小さいけど、手に馴染《なじ》む。

「これで彫れるかな」

お兄様色の魔石を手に取る。

うーん。ちょっと魔石が小さすぎて、ここに文字を彫るのは難しそう。

絶対に指を切っちゃいそう。

どうしようかなぁ。

でも魔石にお守りの文字を書きたいんだよなぁ。

まずは大きい魔石で練習すべき？

でも失敗したら無駄《むだ》になるし……。悩むところだ。

「これは小さすぎて怪我《けが》をしそうだよ。大きい魔石を用意しようか」

私の手元をじっと見ていたお兄様が、魔石を綺麗な指でひょいとつまむ。

「ラン、父のところへ行って魔石をもらってきてもらえるかな」

「承知いたしました」

優雅に礼をしたランが、くるりと踵《きびす》を返して屋敷へと向かう。

執事服の裾《すそ》の残像を眺《なが》めてから振《ふ》り返ると、お兄様が心配そうに私を見ている。

「いくらその彫刻刀の切れ味が良いからといっても、魔石は硬いし、刃物《はもの》を使うのは危ないんじゃないかな」

「でもお守りにしたいし……」

「お守りならレティが作ってくれたものがたくさんあるよ。これ以上は必要ないんじゃないかな」

そう言ってお兄様はポケットから私が作ったお守りを取り出す。『守』って刺繍してある基本のお守りだ。

もちろんそれは分かってるんだけど、でも、お揃いの身に着けるグッズが欲しいんです。ピアスの大きさが無理なら、せめてペンダントを作りたい。

そしてお揃いで持ちたい。

私が返事をしないでいると、お兄様はふう、とため息をついた。

銀色の髪が、吐息《といき》で揺《ゆ》れる。

うっ。かっこいい。

「じゃあ魔石を彫る前に、使い終わった魔石で練習するのはどう？」

「使い終わった魔石ですか？」

使い終わった透明《とうめい》な魔石はガラスみたいにすぐ割れてしまうから、ガラスの原料の一部として再利用されている。

てっきり使い終わっても硬くてダイヤモンドみたいになるのかと思ってたら、すぐに割れてしまってびっくりした。

確かにそれなら練習にいいかもしれない。

ついでにランに頼《たの》んじゃおう。

（ラン、使い終わった魔石も欲しいから持ってきてくれる？）

『構わんが、あんなガラクタどうするのだ』

心話で会話する時はずっと前のままで、なんだかちょっと楽しい。

ランは一人なんだけど、二人いるみたいに錯覚《さっかく》する。

なんか一粒《つぶ》で二度おいしいお得感があるよね。

（お守りを彫るのに練習しようかと思って）

『なるほど。確か業者に下げ渡すためにまとめて置いてあるはずだ。帰りに取ってこよう』

（ありがとう。お願いね）

『うむ』

「お兄様、ランに頼みました」

「じゃあそれまで待っていようか」

「そうですね」

私が東屋に置いてあるベンチに座ると、すぐにお兄様が横に座ってくれる。

そして膝《ひざ》の上にはモコ。

東屋から庭を眺めると、中央にある噴水《ふんすい》に自然と目が向く。

さすがローゼンベルク公爵家の庭というべきか。

庭の中央にドーンと設置してある噴水は、見事というしかない。

大理石で作られた水の女神《めがみ》アクアリーナの美しい彫像《ちょうぞう》が持つ瓶《びん》からは絶え間なく水が流れ、足元にある水盤《すいばん》へと流れ落ちている。

女神の周りには小さな噴水口がいくつも配置されていて、それぞれが異なる高さに水を噴《ふ》き上げていた。

交差しながら舞《ま》い上がる水は銀色のリボンのように見え、太陽の光を受けてきらきらと輝《かがや》いている。

そして空に舞い上がった後、光を反射して小さなダイヤモンドのようにきらめきながら噴水の周りに降り注いでくる。

それはまるで、天からの祝福のようだった。

なんて平和で愛《いと》おしいんだろう。

この世界に生まれてきて、お兄様の妹になって、本当に良かった。

なんとも言えず胸がいっぱいになって、お兄様にくっつきたくなった。

こてんと頭を寄せると、すぐに頭をなでてくれる。

「お兄様。私、お兄様の妹に生まれて本当に幸せです」

思わずこぼれた私の言葉に、お兄様が身じろぎした。

そしてゆっくりと、かみしめるような言葉が返ってくる。

「僕こそレティが生まれてきてくれて、こんなにも幸せを感じるなんて想像もつかなかった。レティ、生まれてきてくれてありがとう」

私は思わず涙《なみだ》ぐみそうになった。

だって私はお兄様のために、この世界に生まれてきたんだもの。

だから、それを認めてもらったような気がして、とても嬉しい。

お兄様がラスボスになって殺される未来を、絶対に阻止してみせる。

そうやってしばらくお兄様にくっついていると、ランが大きめの魔石をいくつかと、大量の使い終わった魔石を持ってきた。

気を取り直した私は、ちょっと大きめの使い終わった魔石を取って、そこに文字を彫っていく。

「やっぱり最初は『守』の文字だよね」

「レティ、怪我には気をつけて」

「うん」

私は透明になった魔石《ませき》に彫刻刀《ちょうこく》を当てた。

そして突《つ》き刺《さ》してみる。

思ったよりは抵抗《ていこう》がなかった。

続いて「守」の字を彫刻していく。

丁寧《ていねい》に彫っていくんだけど、線がゆがんでしまって、なかなか難しい。

使い終わった魔石でこんなに大変なら、お兄様色のブリリアントカットの魔石に文字を彫るなんて、絶対に無理だっただろう。

「うー。難しい」

やっと彫り終わったけど、字はガタガタで、お守りの効果があるようにはとても見えない。

明らかに失敗だ。

「刺繍はモコの毛も使ってたから成功したのかな」

でも魔石を彫るのにモコの毛は必要ない。

どうすればいいんだろう。

「モコの毛は刺繍に魔力《まりょく》を定着させるために必要だったんじゃないかな。だとしたら、魔石に文字を彫ることができれば、同じ効果になると思うよ」

そっかぁ。

だったら字を彫ればいいってことなんだけど、まだ小さい私の手じゃ、器用に文字を彫ることができなそう。

「彫刻刀がダメなら、針で刺して文字を書いてみるのは？」

針で刺す……？

確かにそれなら、いけそう。

「お兄様、やってみます」

私はもう一度ランに彫刻刀を聖剣針《せいけん》に変化させてもらった。

手に馴染む銀の針が、キランと輝いている。

改めて、二番目に大きい透明な魔石を手に取る。

そして魔石に針を刺していけば、多少文字がガタガタしてはいるものの、ちゃんと「守」の文字が彫刻されていた。

「できた！」

問題はこの使用済み魔石にちゃんとお守りの効果があるかどうかだ。

ドキドキしながらお兄様に渡してみる。

お兄様は天才だから、お守りの効果があれば、ちゃんと感じることができる。

「どうですか？」

「多分、守護の効果があると思う」

「やった！」

「でも、いつもレティが作るお守りほどの効果はなさそうだよ」

お守り作製に成功して喜んだものの、効果は薄いらしい。

お兄様は念のためランにお守りを渡して、効果を確認《かくにん》してもらっている。

「ランはどう思う？」

「そうですね……。確かにお嬢様《じょうさま》の魔力がちゃんと移っていないようです。媒介《ばいかい》であるモコの毛がないからでしょう」

私は思わず白くてふわふわのモコを見る。

モコの毛がないとうまくできないんだ。

魔石だと刺繍でお守りを作るよりも効果が薄いんじゃ、あんまり意味はないかなぁ。

いやでも、お揃いの推《お》しグッズだと思えば、効果は薄くてもＯＫなのでは。

グルグル考えていると、ランがずっと魔石を見ているのに気がついた。

「ラン、どうしたの？　何か気になることでもある？」

「いえ……。この魔石、少し色がついているような……」

「え？」

お兄様と私、そしてドロシーまで、ランが手に持つ魔石に注目する。

「本当だ。うっすら色がついている。ラン、この魔石は確かに使用済みのものだよね？」

「もちろんです。確認しました」

「使い終わった魔石にまた魔力が戻《もど》るなんて聞いたことがないけど……レティだからね……」

肩《かた》をすくめたお兄様が、苦笑いをする。

ランはなぜか「当然です」と胸を張っていて、ドロシーも「そうですね」と同意している。

えええ。

みんなの私の評価ってどうなってるの。

まあ確かにお守りはちょっと効果がありすぎかなって気はするけど。

でもそれって私の力というより、聖剣のランと精霊《せいれい》のモコのおかげだしなぁ。

「どの程度の効果があるのか試《ため》してみようか」

「はい、どうぞ」

お兄様にお守りにする予定の魔石を渡す。

たとえお守りの効果が薄《うす》くても、お兄様とお揃《そろ》いにしたい。

いつかは指輪を作りたいけど、それまではペンダントかピアスでいいかな。

うふふふふ。

……推しとお揃いなんてオタク冥利《みょうり》につきる。

あ、いけないいけない。想像しただけで魔力が増幅《ぞうふく》しちゃう。

いつものようにモコに吸収してもらって――。

あれ？　モコの毛がけば立ってない。

なんで？

ふと見ると、お兄様に渡そうとした魔石の色が少しだけ濃《こ》くなっているような気がした。

「お兄様……もしかしてなんですけど、魔石が魔力を吸い取ってくれてる気がします」

「本当だ。さっきよりも色が濃くなってる」

私の気のせいじゃなかった。

空の魔石に魔力を注入するのは普通《ふつう》なのかな。

それともかなり珍《めずら》しいことなのかな？

どっちなんだろう。

「魔石の魔力が増えてる……」

お兄様が信じられないというように、魔石を見ている。

やっぱり珍しいことみたい。

「空の魔石が魔力を吸収できるのなら、魔力過多の治療《ちりょう》にも使えるんじゃないだろうか」

お兄様の言葉にハッとする。

黄金のリコリスの栽培《さいばい》が成功したといっても、まだ魔力過多の特効薬ができたわけじゃない。

もし空の魔石が魔力を吸ってくれるのなら、特効薬ができる前に私が死んでしまう可能性を減らせる。

それって凄《すご》くない？

だって魔力過多に苦しむ子たちは、特効薬がなくても助かるってことだもん。

使用済の魔石なんてたくさんあるし、ガラスの材料にされちゃうくらいだから値段も安いはず。

それが魔力過多の治療に使えるってなったら、もう魔力過多で苦しむ子はいなくなる。

「早速《さっそく》ロバート先生に知らせよう。今までも空の魔石に魔力を移せないかという研究はしてたみたいだけど……レティが彫った『守』の文字のおかげかな」

そっか……。空の魔石なんて手に入りやすいんだから、治療法《ちりょうほう》として今まで一度も確かめてないわけないもんね。

「特効薬の作成と同時進行は厳しいかもしれないけど、なんとかがんばってもらうしかないね」

わぁ。

ロバート先生、今でさえ寝《ね》る暇《ひま》もないくらい忙《いそが》しそうなのに、これからもっと忙しくなっちゃうみたい。

でもこれでちょっと安心した。

ロバート先生、魔力過多を治すためにもがんばってくださいね！

閑話　王宮の花園（フィオーナ視点）

王妃《おうひ》の庭は、まるで絵画の一部を切り取ったかのような美しさであった。

庭師が丹精《たんせい》をこめて整えている庭は、いつも完璧な美しさを保っている。

庭全体には色とりどりの花々が植えられ、その美しさは、まるで天国の庭を見ているかのようだ。

庭の中心には、大きな薔薇《ばら》の花園が広がっている。

赤や白、ピンクや黄色と、さまざまな色で咲《さ》き誇《ほこ》っている薔薇の花びらが、太陽の光を受けてキラキラと輝いていた。

まるで宝石のような美しさは見て楽しむだけのものではない。

甘《あま》く豊かな薔薇は香りで楽しませ、心を癒《いや》してくれる。

庭には薔薇以外の花も植えられている。

紫《むらさき》のラベンダーや、青いデルフィニウム、白いリリーなど、さまざまな花が自分だけの美しさを放っており、その美しさは、まるで彩《いろど》り豊かなパレットのようだ。

その庭はまるで王妃を象徴《しょうちょう》するかのように、整然とした美しさで見るものを圧倒《あっとう》していた。

私は庭を一望できるテラスで、母と一緒《いっしょ》にお茶の時間を過ごしていた。

学園に通うようになったので毎日ではないが、週に一度はこうして母娘の時間を作っている。

「学園での生活はどうなのかしら」

母に尋《たず》ねられて、私はカップを持つ手の美しさを意識しながら紅茶を飲む。

母はそうした所作に厳しいので、いくつになっても注意されてしまうのだ。

「セリオス・ローゼンベルクの妹が入学してきますね」

「病弱だという話だったけれど、魔力過多が完治したのだとか。まさに奇跡《きせき》だわ」

腹違《はらちが》いの兄エルヴィンの婚約者《こんやくしゃ》である彼女《かのじょ》は、病弱ということで妃《きさき》教育のほとんどを公爵《こうしゃく》家で受けているので、あまり話をしたことがない。

本来であれば王太子の婚約者が病弱であるなど許されないのだが、エルヴィンに有力な婚約者をつけたくないという母の思惑《おもわく》によって、すぐ死ぬのであれば何の脅威《きょうい》にもならないだろうと、ローゼンベルク公爵家の娘が選ばれた。

「どのような娘かしら」

「さあ……。ですが青い薔薇が手に入らなかったので、せめてもう一つの薔薇のつぼみは手元に欲しいと思うのですけれども」

青い薔薇は血統も良く優秀《ゆうしゅう》だが、あの兄の元で満開の花を咲かせるのは難しいだろう。

残念ながら、兄にそれだけの才覚はない。

だというのに、もう一輪の薔薇まで手に入れようとするのは、あまりにも強欲《ごうよく》ではないだろうか。

私はそっとカップをソーサーの上に置いて、母を見つめる。

きっと母はこれだけで、私が何を言いたいか理解してくれることだろう。

母はしばらく考えるように頬《ほお》に手を当てている。

こんな時は母が口を開くのを待つよりない。

私は王妃の庭を見回す。

白に赤い縁取《ふちど》りの花はここだけにしか咲いていない貴重な花だ。

確かリコリスという名前だっただろうか。

この花は特に母のお気に入りで、とても役に立つのだと言っていた。

私は薔薇の方が好きだけれども。

「そうね。そろそろあなたも実力を見せた方がいいかもしれないわ」

母はそう言って聖女のような微笑《ほほえ》みを浮《う》かべた。

「きっとすぐに、その機会が訪《おとず》れるでしょう」

第三章 学園に入学しました

小説『グランアヴェール』では学園入学前にお亡《な》くなりになっていた、私、レティシア・ローゼンベルクですが、なんと無事に十四歳《さい》になってヴェリタス学園に入学することになりましたー！

わーい。パチパチパチ。

いやもうホントにね。

この世界に転生してからここまで、長かったなぁ。

私ってば、原作ではお兄様が学園に入る前年にたった七歳で死んじゃう設定だったから、もし八歳の誕生日を迎《むか》える前に魔力過多の特効薬が完成しなければ、お話の通りに死んじゃうんじゃないのかなって凄く不安だった。

だって私が死んでしまったら、お兄様はラスボスになって勇者に倒《たお》されてしまうかもしれないんだもん。

国宝級イケメンで優《やさ》しくて素敵《すてき》なお兄様が倒されるなんて全人類にとっての損失だよ。

だから小説よりも早く、黄金のリコリスを手に入れて特効薬を完成させなくちゃいけなかった。

ロバート先生の研究結果から、花の蜜《みつ》が魔力過多に効果的であることは分かったんだけど、残念ながら蜜を飲むだけでは完治には至らず。研究はそこで行き詰《づま》ってしまったのだ。

でもロバート先生なら絶対に作れるって信じてたから、私やお兄様も一緒になって色々と考えた。

そんな時にふと、ひらめいた。

花の蜜が効くなら、プロポリスなら、もっと効くんじゃない？

プロポリスとは蜂《はち》が巣の隙間《すきま》を埋《う》めるために生成する、天然の樹脂《じゅし》だ。

強い殺菌・消毒作用があり、傷を治したり炎症をやわらげたりする効果がある。

プロポリスの持つこれらの効能を、薬に使えないだろうか。

そう思った私は、ロバート先生にプロポリスを使ってみてはどうかと提案した。

この世界にもミツバチとクマバチの中間のような性質を持つ蜂がいる。

ミツバチよりちょっと大きくて、丸くてころんとしていて、毒針を持たない。

人に良く慣れるので、この温室の中で飼っても問題はない。

そこでその蜂を温室の中に放して、プロポリスを取った。

すると、なんと、魔力過多の特効薬がついに完成したのである！

小説グランアヴェールで、勇者アベルを救った魔力過多の薬。

小説よりもほんの少し早く完成したその薬は、私の病気を完治させてくれた。

つまりお兄様の麗《うるわ》しい姿にどんなに興奮しても、死ぬ危険がなくなったのである。

そうなったら、今までの遠慮《えんりょ》は投げ捨てて、本能のままに前世からの推しであるセリオスお兄様にべったりとくっつくしかないではないか。

うへへへへ。

今まではなるべく我慢《がまん》していた、お菓子《かし》をつまんでもらってお口にあーんとか、ほっぺにキスとか、そういうお兄様とのスキンシップを、思う存分堪能《たんのう》できるなんて。

黄金のリコリスばんざーい！

ロバート先生ばんざーい！

そして聖剣もついでにありがとー！

プロポリスはそんなに量が取れないので量産は無理だけど、それでも少しずつ薬は流通していくだろう。

ちなみに勇者アベルも小説で魔力の暴発を起す前に薬を服用して、魔力過多が完治した。

辺境の村の子供に過ぎないアベルに薬を渡《わた》すのは一苦労だったけど、聖剣のいた洞窟《どうくつ》の近くの村に住んでいたから、ランからの神託《しんたく》ってことでアベルが勇者であることをお兄様に伝えていた。

それで魔力過多の薬をアベルに渡すことができたのである。

ほら、いくらアベルがお兄様を殺すキャラだって言っても、アベルを見殺しにしたら、世界は魔王《まおう》によって滅《ほろ》ぼされちゃうかもしれないじゃない？

魔王を倒せるのは勇者だけって決まっているのなら、私たちはアベルには手を出さないほうがいいと思うの。

そのアベルはお兄様の二歳年下で今は学園の最高学年になっている。

そして最愛のお兄様は、私と入れ替《か》わりで学園を卒業してしまった。

「お兄様ぁぁぁぁ」

そんなわけで今。

私はお兄様にセミのようにひっついている。

だって〜。

せっかくこんなにくっついても発作《ほっさ》を起こさなくなったのに、また愛しのお兄様と離《はな》れ離《ばな》れにならなくちゃいけなくなるなんてぇぇぇ。

魔力を持つ貴族は必ず学園に通わなくちゃいけないんだけど、私は魔力はあっても発動できないから行かなくてもいいんじゃないかな。

家でお兄様とゆっくりまったりしたい。

せっかく健康になったのにひどいよ。

「ほら、レティ。セリオスが困っているよ」

私の後ろでオロオロしているお父様が声をかけてくる。

それは分かっているんだけど、どうしても、どうしてもこの手が離れがたくぅぅぅ。

「今日はレティの入学式でしょう。せっかくのレティの晴れ舞台《ぶたい》なんだから、ぜひ見たいな」

お兄様が魅惑《みわく》の微笑みで私を誘惑《ゆうわく》してくる。

「お嬢様、セリオス様がお困りですよ」

聖剣《ラン》が、私の制服の襟首《えりくび》をひょいとつまんでお兄様と引き離す。

ちょっと、私の扱《あつか》いが乱暴なんじゃないかしら。

「それに入学式なら家族席でご覧になってますよ」

呆れたように言うランに、私は思わず抗議《こうぎ》する。

「家族席って、ここからここまで、こーんなに離れてるじゃない。遠すぎてお兄様の姿が見えないんですもの」

あぁ、スマホがあったらなぁ。写真と動画を永久保存したいです。

「レティは本当にセリオスが大好きだねぇ」

当然です、お父様。

だってお兄様は、前世からの私の推しですから。

うんうん、と頷《うなず》いていると、足元にちょっぴり大きくなったモコがやってきた。

「きゅっ」

うん。

どうやら興奮して魔力が少し増えてたらしく、モコが吸収してくれる。

魔力過多の特効薬は、興奮すると魔力が一気に増えるのは変わらないけど、その魔力が暴発するのを抑《おさ》えてくれるようになった。

だから急激に増える魔力が体にダメージを与《あた》えることはない。

その代わり……。

「帰ってきたら二人だけのお茶会をしようか。楽しみだよ、僕《ぼく》のお姫様《ひめさま》」

そう言ってほっぺにチューをしてくれるお兄様の表情のあまりの素敵さに、私の体の中の魔力が一気に増える。

そして――。

増えた魔力が光となって、ピカピカと私の体を光《ひか》り輝かせた。

いや、おかしいよね。

なんで光るの。

黄金のリコリスから作った特効薬は、魔力の暴発が起こる前に霧散《むさん》させるものなんだけど、私の場合はなぜか光るようになってしまった。

あれかな。小説で最推しのセリオスお兄様が倒される時に「僕の光――」なんて言いながら死んでいったから、その伏線《ふくせん》を回収するために光るとか。

って、そんなわけあるかーい！

でもクリスマスのイルミネーションのようにピカピカ光る体質は、私が入学する時になっても改善されなかった。

むしろ、成長して魔力が増えるにつれ、ピカピカ度は増していった。

……。

………。

ま、まあ、死んじゃうよりは光ったほうがいいかな。

それにお兄様はもう卒業しているから、刺激《しげき》が供給されることもないしね。

と、思ってたんだけど、いざ入学式の会場となる学園の講堂に着いたら、お兄様が親族

席を通り過ぎて新入生の席まで私をエスコートしてくれた。

え、こんな特別待遇《たいぐう》をしてもらっていいんでしょうか。

父兄《ふけい》にエスコートされてる新入生なんて私だけなんですが。

でも、お兄様につきあわないという選択肢《せんたくし》はありません。

どこまでもお供しますとも！

スキップしそうになりながらお兄様と腕《うで》を組んでいると、お兄様から突然爆弾《とつぜんばくだん》発言が飛び出してきた。

「あ、そうだ、レティ。実はね、レティの在学中は魔法《まほう》学の講師として学園にお手伝いに行くことになったんだよ」

「えっ」

びっくりして立ち止まると、いたずらが成功した子供のようにお兄様がウインクをした。

ああああああ。

お兄様のウインク、かっこいいです。

って、そうじゃなくて！

「驚《おどろ》かせようと思って内緒《ないしょ》にしていたんだ」

「本当ですか⁉」

ちょっと待って！

てっきり、お兄様は学生時代から出入りしている魔法省にエースとして入るか、宰相《さいしょう》補佐として実績を積むんだと思ってた。

私も学園に入学したら忙しくなるし、お兄様に会う時間が少なくなるなぁってがっかりしてた。

だから学園でちょっとでもお兄様に会えるのは凄く嬉《うれ》しい。

嬉しいけど……。

この学園には、お兄様を殺す勇者アベルと、お兄様を裏切るフィオーナ姫《ひめ》がいるんだよね。

小説の通り、アベルは勇者として覚醒《かくせい》した。

でもなぜか魔王はまだ出現していないのである。

そもそもアベルが勇者として覚醒するのは、魔物《まもの》に襲《おそ》われた時の魔力の暴発がきっかけのはずだった。

だけど実際には、ロバート先生が小説より早く魔力過多の特効薬を開発したおかげで、魔力が暴発しなかったのである。

本来は魔力の暴発によって襲ってきた魔物を逆に倒してしまうんだけど、それがないとまだ覚醒前でただの村人に過ぎないアベルが魔物に勝てるはずがない。

そこで小説通りに魔物に襲われてしまったら、アベルの住む村にこっそり派遣《はけん》された騎《き》士《し》たちが助ける手はずになっていた。

結局、魔物が襲ってくることもなく、アベルは平和に村で過ごしていた。

私が聖剣を奪《うば》っちゃったせいかと落ちこんだんだけど、聖剣執事《ラン》いわく、魔王《まおう》が誕生するほどの瘴気《しょうき》がたまってないからじゃないかってことだった。

だったら、もしアベルが魔力の暴発を起こさず勇者として覚醒しなかったら、もしかしたら魔王も発生しないんじゃないかなってちょっと期待した。

この世界の『魔王』は、人型にはなるけど、生き物と言うよりは概念《がいねん》に近い。

戦争が起こってたくさん人が亡くなって恨《うら》みを持つ者が冥府《めいふ》に増えると、冥府からあふれた瘴気が地上に出てくる。

最初はただの瘴気の塊《かたまり》なんだけど、力を増すと神と同じ姿――つまり、人型になって『魔王』と呼ばれるようになるのだ。

魔王は、元が人に恨みを持つ者の思念の塊だからか、とにかく人間を滅ぼそうとする。

そうすると戦争するほど対立していた国々は『魔王討伐《とうばつ》』のために一致《いっち》団結しあう。

勇者のおかげで魔王が討伐されると、やがてまた各国が争い始め、そしてまた魔王が生まれ、というループをひたすら繰《く》り返している。

なんというか、人類が団結するためには共通の敵が必要だから魔王が発生するのかな、って思っちゃうよね。

もうちょっと国同士で仲良くすれば、きっと冥府に死者があふれることもなく、魔王は発生しないんじゃないかと思うのに。

魔王が倒されるとやがて国同士の戦いが始まるから、結果的に、遅《おそ》かれ早《はや》かれ魔王が発生してしまう。

ただ、今現在はそこまでの戦いは興《おこ》ってなくて、世界は束《つか》の間《ま》の平和にまどろんでいる。

アベルが勇者として覚醒したのも戦いの中じゃなくて、たまたま訪れた隣町《となりまち》の教会でお祈《いの》りをしたら天から光が降ってきて勇者の託宣《たくせん》を受けたらしい。

小説で、その場にいたアベルと幼馴染《おさななじみ》と魔物しか見ていなかった覚醒に比べたら、目撃《もくげき》者《しゃ》も多くて凄く派手だよね。

そんなわけで、勇者アベルはこの学園に通っているけど、まだ魔王討伐パーティーは結成されていない。

お兄様は学園でのことをあんまり家では話さないから、今までアベルの名前が出てこなくて安心してたんだけど、お兄様が講師になるなら関わる可能性が高いよね。

お兄様の講義は絶対に超一流《ちょういちりゅう》だから。

だってセリオス・ローゼンベルクだよ？

学園きっての天才と言われ、在学中から魔法省に頼《たよ》りにされてるツヨツヨお兄様だもん。

その授業が最高でないわけがない。

アベルは最高学年だし、さらに勇者だし、お兄様が特別に教えるとしても不思議じゃない。

でもなー、できればお兄様にはアベルと関わって欲《ほ》しくない。

だってお兄様を殺すんだもの。

もちろんお兄様がラスボスになっちゃったから仕方ないんだけど、私としては、そこは闇《やみ》落ちしたお兄様を勇者の友情パワーで救ってほしかった。

っていうか、お兄様にとってアベルは疫病神《やくびょうがみ》みたいなものじゃないかな。

関わらずに済むならそれが一番だよね。

そう思ってたのに……。

私があんまり喜ばなかったからか、お兄様が肩を落とした。

「レティは迷惑《めいわく》だったかな」

「いいえ、もちろん嬉しいです。でもお忙しいお兄様がもっと忙しくなってしまうのかと思うと、体調などが心配で……」

「レティは優しいね。大丈夫《だいじょうぶ》、レティの姿を見たら疲《つか》れも吹《ふ》き飛んでしまうから」

はうー！

そう言って微笑むお兄様の麗しさよ！

周りの女生徒がうっかりその微笑みを見てしまって足元をふらつかせていた。

うん。分かる分かる。

たとえ自分に向けられてなくても、こんな美貌《びぼう》の持ち主が微笑むのを見ただけで感動しちゃうよね。

失神しなかっただけ偉《えら》いと思う。

私も興奮を抑えてるのは凄く偉い。

だって……入学式でピカピカ光りたくないんだものー！

ただ、実を言うと、このピカピカ光るのにもちょっとした利点がある。

なんと、お守りの再利用ができるのである！

私が作ったお守りは、効果によって使用回数が決まっている。例えば「守護」の場合、ちょっとした怪我《けが》をする程度の攻撃《こうげき》なら五回は防げるけど、死んでしまうほどの攻撃は一回しか防げない。

でも私が興奮してピカピカ光ると、その過剰《かじよう》な魔力《まりよく》がお守りに流れ、使用回数が復活するのである。

簡単にいうと、電池みたいなものかな。

で、これを魔石にも利用できないかと考えた。

魔石は魔力溜《だ》まりと呼ばれる場所で自然発生するか、魔物から取れるんだけど、基本的に使い捨てだ。

魔石は色が濃いほど魔力を内包していて、使い切ると透明《とうめい》になる。

透明になった魔石はもう役に立たないので砕《くだ》かれてガラス窓とかの材料になるんだけど、そこにお守りの漢字を彫《ほ》ると、なんと魔石が復活するのである。

わーい、やったね！

ピカピカ光ってる私が空の魔石を握《にぎ》ると、光らずに魔力が魔石の方に流れる。

そして魔石に魔力が戻り、元のように使えるようになるのだ。

これってめちゃくちゃエコだよね。

しかも動力源はお兄様への萌《も》え。

私がお兄様にきゅんきゅんしなくなることなんてないから、いつでもどこでもお守りの効力は薄れないし、魔石にはたっぷり魔力が蓄《たくわ》えられている。

魔石には一応火属性とか水属性とかあるんだけど、私はどの魔石にも元の属性の魔力を充填《じゅうてん》できるから、多分、私の魔法属性は無属性か全属性か、そんなところじゃないかと思う。

しかも意識すれば、透明なままで魔石に魔力を充填できる。

つまり私は、世界で一人だけダイヤモンドを作れちゃうのである。

ちなみに最近ではお兄様も魔石に魔力をこめられるようになってきた。

そんなわけで完治後の私の体質には色々とメリットがあることも判明した。

はぁ、これでピカピカ光らなければ最高なんだけどなぁ。

ちょっと光るくらいの状態なら、ポケットに入れてる空の魔石に充電《じゅうでん》すればいいんだけど、今みたいに不意打ちでお兄様の麗しい微笑みを見てしまうと、うっかり講堂全体を照らすくらい光りそうになるのだ。

危ない危ない。

今も少し危なかったけど、ポケットに入れた空の魔石のおかげで助かった。

一応、学園には届出を出してモコを連れていってもいいって許可はもらってるんだけど、さすがに入学式だけはダメって言われちゃったんだよね。

モコ、しっぽがキツネみたいだから、襟《えり》に巻いたら可愛《かわい》いのに。

精霊だから全然重くないし。

確かにちょっと目立つけどね。

「じゃあレティ、また後でね」

「はい、お兄様」

お兄様が壇上《だんじょう》へ行くのを見送って、私は自分の席を探す。

えーっと、案内に書かれた席の番号は……。

あった、ここだ。

新入生の席の最前列でど真ん中に私の席はあった。

壇上のお兄様がよく見えて最高です。

小さく手を振《ふ》ると、目が合ったお兄様が優しく微笑んでくれた。

きゃーっ、と声なき悲鳴が背後から聞こえる。

そうでしょう、そうでしょう。お兄様の麗しい微笑みを見たら、誰《だれ》でも悲鳴を上げずにはいられないよね。

私はさすがにもう耐性《たいせい》ができてるから……。

と、思ったけど、私の魔力を吸収する魔石《ませき》が満タンになった気配がする。

慌《あわ》てて私はもう一個の魔石と持ち替えた。

入学式が終わるまで、なんとか光らずにいられますように……。

入学式は学園長の眠《ねむ》くなる長いお話から始まって、新入生の挨拶《あいさつ》、そして在校生の挨拶と続いた。

在校生の挨拶は、当然というべきか、最高学年の五年生に在籍《ざいせき》する、フィオーナ姫だった。

私と正式に婚約《こんやく》した王太子のエルヴィンはいつもうちに遊びに来るし、病気のこともあるから、王太子妃教育は全部うちでやった。

たまに王宮へ行く時にはお兄様と一緒にすぐエルヴィンのいる離宮《りきゅう》へ直行するから、フィオーナ姫をちゃんと見るのは、実はこれが初めてだ。

どんな人だろうとワクワクしながら待っていると、もう登場からして雰囲気《ふんいき》が違《ちが》った。

名前を呼ばれて後ろからフィオーナ姫が通路を歩いてくるんだけど、初めてフィオーナ姫を見た生徒たちが、息をするのも忘れて見とれている気配がする。

ため息がさざ波のように広がっていき、ゆっくりと歩いてくるフィオーナ姫の気配だけが背中に伝わる。

私の横を通って壇に上がる時、フィオーナ姫がチラ、とこっちに視線を向けたのが分かった。

柘榴《ざくろ》のように真っ赤な瞳《ひとみ》が、一瞬《いっしゅん》にして目に焼きつく。

清楚《せいそ》だけれど妖艶《ようえん》で、芯《しん》の強そうな瞳は、まさに小説『グランアヴェール』のヒロイン、フィオーナ姫のものだった。

首元まできっちりと制服を着こんだフィオーナ姫は、壇上でゆっくりと生徒たちを見回す。

その声は思ったよりも低く落ち着いた音色だった。

「新入生の皆《みな》さま、皆《みな》さまはこれから色々なことを学んでいくと思いますが、学園ではそれぞれの才能を引き出し、興味を広げ、個性を伸《の》ばすことを重視しています。そのために、自信、忍耐力《にんたいりょく》、寛容《かんよう》さ、誠実さを育み、コミュニケーション能力を高め、創造性を受け入れ、チームワークを奨励《しょうれい》し、広い視野を持つことで、学園生活を充実《じゅうじつ》したものにすることを願います」

そう言ったフィオーナ姫は、しっかりと私の顔を捕《と》らえた。

真っ赤な目が、まっすぐに私に向けられる。

「ヴェリタス学園へようこそ。楽しい学園生活を送ってください」

小説ではお兄様の婚約者になるフィオーナ姫だけど、現在では誰とも婚約していない。

この国でフィオーナ姫の婚約者にふさわしい相手はローゼンベルク公爵家の嫡男《ちゃくなん》――つ

まり、世界で一番素敵なうちのお兄様くらいしかいないのだけど、形式上とはいえ、私が王太子のエルヴィンと婚約してるからそれは無理。

さすがに同じ家から王家と縁続《えんつづ》きになるものが続いちゃうと、他の貴族家から不満が出ちゃうし、ローゼンベルク公爵家が王家を乗っ取ると思われてしまう。

だからフィオーナ姫とお兄様との婚約は、一度も話に出てこなかった。

グッジョブ私！

だってフィオーナ姫はあんなに素敵でカッコイイうちのお兄様ではなく、勇者アベルを選んでしまうのだ。

そんな相手に、私の大切なお兄様を渡せるものですか。

絶対に阻止《そし》します。

その為《ため》には我《わ》が身《み》を犠牲《ぎせい》にするのもいとわないのです。

といっても、私の婚約者になったエルヴィンは、お兄様と聖剣《ラン》の教育的指導によって、小説よりもだいぶ性格が丸くなった。

王太子の仕事が忙しいだろうに、ちょくちょく家に遊びにきてお兄様とランにつっかかっては撃退《げきたい》されている。

外面はちゃんとした猫《ねこ》を被《かぶ》れるようになったので、あれはきっとお兄様やランに甘えてるんだろう。

それにしても、と私は壇上のフィオーナ姫を見る。

耳に入ってくる噂《うわさ》によると、フィオーナ姫とアベルはそれほど交流がないのだそうだ。

本来なら既《すで》に討伐の旅を経験して恋《こい》に落ちているはずだから、おかしいなぁと思うんだけど、やっぱり戦いの中でしか燃え上がらない恋っていうのがあるのかもしれないね。

特にフィオーナ姫と平民のアベルとじゃ、思いっきり身分違いだもんね。

アベルが魔王討伐という功績を残して、ラスボスになったお兄様を倒したからこそ、晴れて結ばれたわけだし。

そこで私は最上級生の席にいるアベルを見る。

明るい栗色《くりいろ》の髪《かみ》。琥珀《こはく》に金の混じる珍《めずら》しい瞳。

一目見て、アベルだってすぐに分かった。

勇者として認定《にんてい》されているからか、アベルの周りには清廉《せいれん》な空気が流れていて、目が離せない。

もちろん私の最推《お》しのお兄様には敵《かな》わないけど、これがいわゆるカリスマというものなんだろう。

ただ未《いま》だに魔王が復活してなくて旅にも出てないので、小説のラストの時のように眉間《みけん》に皺《しわ》が寄っていない。

本当だったなら、魔王討伐パーティーとして共に戦うはずだった勇者アベル、フィオーナ姫、そしてセリオス・ローゼンベルク――私の、お兄様。

そこに王太子エルヴィンを含《ふく》め、魔王討伐パーティーを結成して命を預け合うはずの四人がいる場所は、こんなにも離れている。

小説の時間軸《じく》では魔王はとっくに討伐されて、ラスボスになったお兄様も討伐されている頃《ころ》なんだけど、なぜか魔王は未だに復活していない。

我が家《や》の聖剣執事によると、女神《めがみ》レカーテによって勇者は選定されたけど、まだ魔王は人型を取るほど力を持っていないらしい。

だったら瘴気の塊のうちに倒せばいいいんじゃないかと思うんだけど、人型でもなんでもいいから形を取らないと、人の剣《けん》では倒せないんだそうだ。

瘴気のうちに、神様がちょいちょいっとやっつけてくれればいいのにね。

元々が人の恨みから生まれている存在だからダメなんだって。

ただ勇者が選定されたってことは、遠くない内に魔王が復活するのは確実なんで、アベルは戦い方を覚えるために学園に入学した。

そしておそらくお兄様は、私が学園にいるからってだけじゃなく、勇者に魔法を教えるために学園の講師になったのだろう。

そう考えたら、アベルと一緒にこの学園に通うのも、そんなに悪いことじゃないような気がしてきた。

そのおかげで私は朝起きてお兄様におはようの挨拶をして、そのまま一緒の馬車に乗って登校できるんだもん。

お兄様が闇堕《やみお》ちする原因は私の死とエルヴィンの死とフィオーナ姫の心変わりの三本立てだけど、今のところどれも防いでるからもうラスボスにはならないんじゃないかな。

そう考えたら、アベルは『グランアヴェール』の、推しではないけど一応主人公なんだから、遠くから眺《なが》めるくらいはしてもいいような気がする。

いよいよ待ちに待った講師の紹介《しょうかい》が始まって、お兄様の名前が呼ばれた。

講堂中にざわめきが起きる。

そうでしょうそうでしょう。

やっぱりお兄様が最高です！

第四章

友だち百人できるかな

入学式が終わると、私はすぐにお兄様の元へ駆《か》け寄った。

今日は式だけなので、後は家に帰るだけなのだ。

生徒たちの注目を浴びながら二人で親族席にいるお父様の元へ戻《もど》る。

ローゼンベルク公爵《こうしゃく》の一家が揃《そろ》っているということで、生徒たちだけじゃなくて先生方もこっちを見てざわざわしているので、話しかけられないうちにさっさとローゼンベルク家の紋章《もんしょう》が描《えが》かれた馬車に乗りこむ。

すると、すぐにモコが飛びついてきた。

「モコー！」

全身真っ白でふわふわのモコを抱《だ》き留《と》めると、すぐに頭を撫《な》でる。

「モコ、寂《さび》しかった〜」

もう魔力過多の発作で倒れることはないと分かっているのに、今までこんなに長くモコと離れたことがなかったから、凄《すご》く心細かった。

モコも、全身で私に体を寄せる。

ふわぁ。

もこもこのもふもふだ……。

癒《いや》されるぅ……。

モコの柔《やわ》らかい手触《てざわ》りを楽しんでいると、向かいの席に座《すわ》ったお父様が感動したように目を潤《うる》ませていた。

「レティが学園に入学するなんて夢のようだ」

「モコとランと、そしてお父様とお兄様、ロバート先生、みんなのおかげです」

私はモコを抱きしめたまま、隣《となり》に座るお兄様と正面にいるお父様を交互《こうご》に見る。

二人とも慈愛《じあい》に満ちた目で私を見ていて、私って本当に愛されてるなぁとしみじみ思う。

きっと誰一人《だれひとり》欠けていても、今の私はいなかった。

最初にお兄様に頼《たの》まれたお父様がモコを探してくれたから、魔力過多の症状《しょうじょう》で寝《ね》たきりにならずに済んだ。

モコとランが魔力過多の特効薬ができるまでの間、私の過剰な魔力を吸収してくれなかったら魔力の暴発が起こっていた。

ロバート先生は魔力過多の薬を開発してくれた。

そしてお兄様。

お兄様をラスボスにしないために絶対に生き延びなくては、という強い意志が、私の生きる目的になった。

「レティが一番がんばったからだよ」

お兄様が極上《ごくじょう》の微笑《ほほえ》みを浮《う》かべる。

これは私へのご褒美《ほうび》ですか。ご褒美ですよね。

入学祝いとしてもらっておきます。

「発作が起きても諦《あきら》めなかった。そんなレティを誇《ほこ》らしく思う」

「お兄様……」

わーん。

お兄様にそんなこと言われたら、感動で泣いちゃうじゃないですか。

私もお父様のように目をうるうるさせていたら、感極《かんきわ》まって体がペカーっと光った。

しまった。油断してたから光っちゃった。

ほろりとこぼれそうになった涙《なみだ》が、秒で引っこんだ。

学校では光らないように注意しようと思ってたのに、これじゃ前途《ぜんと》多難《たなん》だなぁ。

思わず肩《かた》を落としてしまうと、私を元気づけるためなのか、お兄様が馬車の目立たないところに貼《は》ってあるお守りに触《ふ》れる。

「お守りの効力が薄《うす》れそうだと思ってたから、ちょうどいいね」

刺繍《ししゆう》の文字は、私がレベルアップしたので『守』じゃなくて『絶対防御《ぼうぎょ》』だ。

これで馬車の中にいる限り、物理攻撃も魔法攻撃《まほうこうげき》も効かなくなっている。

お父様が使う馬車とお兄様が使う馬車のそれぞれにお守りを貼っているから、万が一襲撃《しゅうげき》されたとしても前みたいに怪我をすることはないから安心だ。

聖剣の力を分けた針を使いモコの毛で刺繍をすると、モコの毛が金色に光る。でもお守りの効力がなくなってくると、その輝《かがや》きが薄れてしまう。

つまり、取り替え時が分かるのだ。

分かりやすくて、とっても便利。

今は私が光ると魔力が充填されるので、新しくお守りを作る必要がない。

最近はモコの毛が余り気味になってるから、集めた毛で、毛玉だった頃のモコの人形を作ってみてもいいかなぁ。

（本当はモコにもお友達が必要かもしれないんだけど……）

モコは、今でこそ小型犬くらいの大きさの犬のような姿をしているが、元々は目があるだけの毛玉だった。

ドラゴンが生息する近くにしかいない精霊《せいれい》の一種と呼ばれていて、魔力を吸収する能力がある。

そして私は特に魔力が多かったらしく、なんとモコが成長した。

手の平に乗るくらいの大きさだったモコは、今では耳としっぽが生えて、小型犬くらいの大きさになっている。

実はフェンリルの幼体だったなんて、凄く驚いた。

ランの説明によると、いずれもっと育つと、自在に大きさを変えられるようになるらしい。

わんちゃんみたいなモコは可愛いけど、あの毛玉サイズのモコも可愛いから楽しみ。

「ピアスのほうも色が濃《こ》くなったね」

お兄様がその美しい指で私の耳についたピアスに触れる。

ピアスは魔石をブリリアントカットにしてお守りの文字を入れた、特別な『守り石』だ。お守りと同じ効果があり、宝石でずっと身に着けていられるのでお兄様の色をチョイスしてつけている。

同じアイスブルーの指輪ももうすぐ完成するので、推し色セットの完成だ。

推し色セット。――なんて素敵《すてき》な響《ひび》きだろう。

「良く似合ってる」

お兄様がピアスの色を確かめるように顔を寄せる。

ふおおおおお！

顔が……顔が近いです！

お兄様の、神様が完璧《かんぺき》に造形した麗《うるわ》しい顔が近づくと、私の体はさらに光り輝く。

この状態になると、魔力過多が完治する前は命の危険があったんだけど――。

「レティ⁉」

魔力過多の特効薬を飲んで完治した今は、興奮して魔力が増えすぎると光り、それを超《こ》えると最終的にはリミッターが発動してしまい、

「ぐー」

と、眠ってしまうのだ。

◇　◇　◇　◇　◇

魔力過多が、治ったは治ったけど、興奮しすぎると眠ってしまうレティシアです。おはようございます。

でもこれはお兄様があんまりにも麗しいから仕方がないと思う。

だってこんなに完璧に整った顔が間近に迫《せま》ってきたら、普通《ふつう》に失神するよね。

毎日見てるのにもかかわらず、あまりの美しさについ見とれてしまう美貌なんだもん。

たとえ私が魔力過多じゃなかったとしても、普通にスキンシップしただけで、お兄様への愛があふれてはじけ飛びそうになるんじゃないかな。

とりあえず死ぬわけじゃないし、お兄様が美しいのは世界の定理なので、どうしようもない。

それに私が寝ちゃうのはお兄様に萌えてる時限定だから、眠っちゃってもお兄様がフォローしてくれるから安心です。

「レティ、起きたかい？」

「お兄様」

ゆっくりと起きて周りを見回す。

目に映るのは、ピンクを基調とした見慣れた私の部屋。

いつの間にか屋敷《やしき》に戻って私の部屋のベッドまで運ばれていたみたい。

お兄様はいつも私が目覚めるまでこうやってそばについていてくれるから、あんまり心配かけないようにしなくちゃ。

「ごめんなさい、また発作《ほっさ》が起きちゃいました」

「いいんだよ、レティ。こうしてまた目覚めてくれれば」

ずっと魔力過多の発作で私が死んでしまうかもしれないという恐怖《きょうふ》と戦っていたお兄様は、私の体調にとても敏感《びんかん》に反応する。

ちょっとでも具合が悪そうにしてるとすぐにベッドに運ばれるし、発作で眠った時も目覚めるまでそばについていてくれる。

過保護だなぁと思うけど、お兄様にぴったりくっついていられるのは、まだ私が小さいからだって分かってるから、今のうちに思う存分甘《あま》えておくの。

私は元気よくベッドから下りると、横の椅子《いす》に座っていたお兄様に抱きつく。

お兄様は私が眠っている間に読んでいたらしき本を横に置いて、抱きしめ返してくれた。

はあ。幸せ……。

あ、そうだ。

帰ったらお兄様とお茶をする約束をしてたんだ。

名残惜《なごりお》しいけど、お兄様から離《はな》れる。

モコが足元ですりすりと私に体を寄せたので、抱き上げる。

体は前より大きくなったけど、不思議と重さは変わらない。

フェンリルって精霊に近いからなのかなぁ。

「モコも心配かけてごめんね」

もふもふな体にほっぺを寄せる。

（ラン〜、お兄様とお茶をしたいから用意をお願い）

『承知した』

「お兄様、約束したお茶をしましょう」

「もう大丈夫？」

「はい！　お兄様の顔を見たら、元気もりもりです」

ホッとしたようなお兄様の顔に、胸が射抜《いぬ》かれそうです。

がんばれ私。

また寝ちゃったら、お兄様と二人っきりのお茶会はできないもの。

お兄様と手をつないで、温室へ行く。

黄金のリコリスの咲《さ》き乱れる温室は、聖剣の魔力が満ちあふれているからか、とても心《ここ》地《ち》よい。

あ、ちなみに現在は聖剣の分身を地面に刺《さ》しておいて、みんなの歌を聞かせればすくすくと成長してくれるので、温室の中は洞窟《どうくつ》仕様じゃなくなってます。

温室に着くと、もうランがお茶を用意してくれていた。

「ラン、ありがとう」

お礼を言うとさっと椅子を引いてくれる。

本当にすっかり執事《しつじ》が板についてきたなぁ。

目の前には薔薇《ばら》のふち飾《かざ》りが描かれているティーカップ。これはローゼンベルク家特注の柄《がら》なので、他の家では使えない。

カップの中にはアレンジされた小さな花束がある。

そこにお湯を注ぐと、花束の花が開いていく。

「綺麗《きれい》だね」

むふふー。

お兄様に褒《ほ》められちゃった。嬉しい。

お兄様に絶賛されたこのお茶は、前世の記憶《きおく》を頼りに……ランに作ってもらったお茶である。

いやだって、お湯を注いだらお花が開いたようになるお茶は知ってたけど、作り方なんて知らないもの。

でもここにはスペシャルパーフェクトなお兄様と、長生きしてるぶん物知りな聖剣《ラン》がいる。

二人揃えば、不可能はない！

ということで「こんな感じのお茶が飲みたい」ってリクエストしたらすぐに作ってくれたの。

やっぱり持つべきものは、超完璧《ちょうかんぺき》なお兄様と長生きしてるお爺《じい》ちゃんだよね。

「やあ、二人ともお茶の時間かな。私も混ぜてもらっていいかい？」

と、そこに、私が眠っている間、仕事をしていたお父様がやってきた。

「お父様！　もちろんです」

私とお兄様が立ち上がると、お父様は順番に抱きしめてくれる。

えへへー。

最推しはお兄様だけど、お父様も大好き。

実を言うと、小説の世界では魔王《まおう》が発生したことで活性化した魔物との戦いでお父様は命を落としている。

だけど今のところ魔王は復活してないから、のんびり領地経営に励《はげ》んでるのだ。

もうこのまま魔王なんて復活しなくていいんだけどなぁ。

家族三人でお茶をしながら、私はそんな風に考えていた。

◇　◇　◇　◇　◇

ヴェリタス学園の入学式翌日。

真新しい制服に身を包んだ私は、お兄様と一緒《いっしょ》に登校、という絶対に叶《かな》わないだろうと思っていた夢を叶えられて、感無量です。

学園へは十四歳《さい》から五年間通わなければいけない。

お兄様と私は六歳も離れていて、私が学園に入学する時には、お兄様はもう学園を卒業している二十歳《はたち》。

どうがんばっても一緒には通えない。

学園には飛び級制度はないし、あったとしてもずっと体が弱くてそんなに勉強していなかった私が飛び級するのは無理。

だからお兄様と過ごす時間がさらに少なくなると思って憂鬱《ゆううつ》だったけど、お兄様が特別講師として学園に教えにきてくれるので、今までよりもちょっぴりお兄様と一緒にいられる時間が長くなった。

「今日からお兄様の授業があるので楽しみです」

お兄様は魔法《まほう》学の講師なので、なんと初日から授業がある。

もうもう、嬉《うれ》しすぎる〜。

お兄様は王宮に出仕している時のようなカッチリとした服ではなく、シャツにジレというう少しラフな服装なんだけど、それがまたカッコイイ。

ちょうど小説でアベルに殺されたのと同じ二十歳のお兄様は、小説の挿絵《さしえ》で見たのよりも、ずっとずっとずっとカッコイイ。

きらめく月の光のような銀色の髪はそのままだけど、氷のようだったアイスブルーの瞳は、柔らかい光をはらんでまったく冷たさを感じない。

神様が人間を完璧に創ったらこうなるという黄金比率の美しい顔は、青年期を迎《むか》えて男らしさが加わった。

え、もう完璧オブ完璧なんですけど。

学園を卒業して王宮でお父様の補佐をするようになってから、家で一緒にいられる時間が少なくなっただけでも悲しかったのに、私が学園に通うようになるともっと時間がなくなると思ってしょんぼりしていた。

でも週に三回はお兄様と一緒に登校できるし、授業も受けられる。

はっ。

もしかしたら、お兄様と夢の学食ランチもご一緒できるのでは⁉

神様！

そして魔力過多の特効薬を作ってくれたロバート先生とラン、ありがとおおお。

私が死ないっていうのは、お兄様のラスボス化を防ぐのに大切なことだったけど、小説では学園入学前に死んじゃってた私がこうして学園に通えるようになって、しかもお兄様と一緒に学園生活を送れるなんて夢のようだ。

お兄様が教えてくれる魔法学の勉強はがんばらなくっちゃ。

「私、絶対に魔法学の授業は学年一番を取ります」

「レティはまだ体が丈夫《じょうぶ》じゃないんだから、無理をしてはだめだよ」

お兄様が私の頬《ほお》に手を当てて心配そうに顔をのぞきこんでくる。

剣だこのできた指は、少し硬《かた》い。

でも、条件反射ですりすりしちゃう。

すりすり。

「魔力過多は治ったから大丈夫です。それに、モコがいてくれるから」

本当は学園にペットを連れていっちゃいけないんだけど、モコの場合は私の発作を抑《おさ》えるためっていう名目で特別に許された。

いわゆる、盲導犬《もうどうけん》とかと同じような扱《あつか》いかな。

もう魔力過多は治ってるけど、興奮しすぎると魔力が暴発するのを防ぐために眠っちゃうから、いないと困る。

それでお父様とセリオスお兄様が学園にかけあって、認めてもらった。

持つべきものは、公爵家の権力だね！

「それならいいけど……。レティが学園にいる間は、ロバート先生が校医として学園にいるから、何かあったら頼《たよ》るんだよ」

「はい、もちろんです」

なんと小説で校医だったロバート先生も学園にきている。

といっても、私がいつ倒《たお》れても対処できるようにという判断で、公爵家から派遣《はけん》されているような感じだ。

つまり、私の体調を診《み》るためだけにロバート先生は、学園の二人目の校医として保健室で待機してくれるのだ。

公爵家の権力が凄い。

お父様は家ではすぐ涙ぐむヘタレだけど、やる時はやるんだなぁってちょっと見直しちゃった。

本当にちょっとだけね！

学園に着いた私はお兄様と別れて教室へと向かった。

学園は十四歳から十九歳まで通う五年制だ。そこでしっかり魔法の知識だったり剣技だったりを覚える。

基本的に貴族は全員通うことが義務付けられている。

地方に領地のある貴族は、裕福《ゆうふく》であれば王都にタウンハウスを持っているのでそこから通学して、貧乏《びんぼう》な場合は格安で入れる寮《りょう》から通う。

寮費《りょうひ》が格安なのは、地方の優秀《ゆうしゅう》な人材の確保が目的だ。

だから成績や素行が悪いと、寮から追い出されてしまう。つまり退学だ。

ただ貴族にとっては学園で学ぶのは義務教育みたいなもので、卒業できないと貴族としての未来を閉ざされてしまうから、大体は学園でしっかり勉強する。

特に領地を継《つ》がない次男や三男は、就職先を探さなくちゃいけないので大変だ。

就職先は、一番人気が文官になって王宮勤務。戦うのが得意なら、騎士団《きしだん》を選ぶ人も多い。

次は神官。

この世界は古代ギリシャみたいに多神教だから、就職先はいっぱいある。妻帯しちゃいけないとかって決まりもなくて、たとえば嫡男が亡《な》くなった場合は神官から還俗《げんぞく》して代わりに跡《あと》を継ぐなんていうケースも多い。

お勤めも、一日中祈《いの》りを捧《ささ》げてる神殿《しんでん》もあれば、大地の女神の神官なんかは、農地の改革を指導するのが祈りと同じとされていて、それぞれだ。

だから神官も、学園を卒業して気軽に選べる就職先だ。

次に、大貴族の家に雇《やと》われること。

使用人とはいっても、家の中に入れるわけだから、大体は同じ派閥《はばつ》から雇うんだけど、優秀な場合は他の派閥から引き抜《ぬ》くなんていうこともある。

私の専属侍女《じじょ》のドロシーの場合は、侍従長《じじゅうちょう》の姪《めい》なので我が家の派閥の出身になる。

そして何にもなれなかった生徒は——普通はそうならないように学生の間に努力するんだけど——領地に戻って、平民として家に貢献《こうけん》する。

なので学園では、高位貴族と下位貴族が交流することが推奨《すいしょう》されている。

つまりあれです。学園内では身分差は気にしなくていいっていう校則があります。一応ね。

でもさすがにお兄様とか、一応王太子のエルヴィンに馴《な》れ馴れしく話しかける生徒はいなかったみたい。

それにエルヴィンは王妃《おうひ》に殺されかかってから人間不信になっちゃってるから、お兄様以外の人と全然交流しなかったんだって。

お兄様は、二人でいると変なのが寄ってこないから楽なんだよ、って笑ってたからいいけど、エルヴィンにずっと引っ付かれて、他の人と全然交流できなかったのでは。

それをあっさり許してあげちゃうなんて、なんて心の広いお兄様。

さすが私の最推しお兄様。

とまあ、そんな感じで、学園では身分に関係なく、広く友達付き合いできるかな、って思ってたんだけど……。

「まあ、ローゼンベルク家のレティシア様には一度お会いしたかったと思っておりましたのよ」

「本当に。お噂通り、とても可愛《かわい》らしいお方ですわね」

「今まで一度もお茶会にいらしたことがなかったから、どんな方なのだろうと思っていました。お会いできて嬉しいですわ」

なんかモコを抱っこして教室に入ったら、いきなり女子たちに囲まれた。

えっ、えっ、えっ。

あなたたち誰？

魔力《まりよく》過多で倒れることが多かった私は、十四歳にしてはちょっと小さい。

あとお茶会なんかもしてこなかったから、当然この教室に知り合いなんて一人もいない。

だから私よりも背の高い知らない子たちに囲まれると、威圧《いあつ》感がはんぱないよぉ。

今まで前世も含めて同年代のお友達がいなかったから分からないけど、女の子ってこんなふうにグイグイくるものなの？


ぴえええ。

もうちょっと適切な距離《きより》感を所望《しよもう》する！

思わず後ずさったら壁《かべ》際に追い詰《つ》められてしまった。

っていうか、いきなり自己紹介が始まったけど、仲良くしたいならもうちょっとやり方を考えようよ。

「私、ミュラー伯爵家《はくしやくけ》次女のドリス・ミュラーと申しますの。レティシア様と仲良くできたら嬉しいですわ」

「私はシュミット子爵《ししやく》家のイヴリン・シュミットと申します。どうぞよろしくお願いいたします」

「私はハモンド男爵《だんしやく》家のローラ・ハモンドと申します。どうぞ私とも仲良くしてくださいませ」

うわー。見事に、伯爵、子爵、男爵と続いてるわ。

爵位《しゃくい》順にご挨拶《あいさつ》っていう一見礼儀《れいぎ》正《ただ》しい感じにしてるけど、ここは学園で爵位は関係ないっていう建前だから、そんな爵位を強調されても……。

あと、私と仲良くなりたいんじゃなくて、これは多分、婚約者《こんやくしゃ》のいないお兄様に近づくためのダシにしようとしている気がする。

私のお兄様専用危険察知センサーがそう言ってる！

友達百人できたらいいなって思ってたけど、こんなお友達ならいらなーい！

それに前世庶民《しょみん》の私に、生粋《きっすい》の貴族のお嬢様《じょうさま》のお友達は無理すぎる。

「レティシア様はあまり社交に出ていらっしゃらなかったから、幻《まぼろし》の妖精姫《ようせいひめ》と噂されておりましたのよ」

マボロシノヨウセイヒメって誰《だれ》ですか……。

確かに私は体が弱くて全然社交とかはしてこなかったけどさぁ。

「そうですね、今までは体が弱かったので中々社交に出れませんでしたが、魔力過多も完治したので、これからは少しずつ参加していきたいと思っておりますの」

「魔力過多が完治なさったなんて、本当に素晴《すば》らしいですわ。今までは不治の病でしたものね」

ドリスさんが扇《おうぎ》を口に当てながら、大げさにほめる。

扇は、白い羽が何枚も重なっている、いわゆるお嬢様仕様の羽のものだ。

多分、扇子《せんす》と同じくらいの大きさだから、舞踏会《ぶとうかい》用じゃなくて学校用の小さいタイプの扇子だと思う。

でもこれ、ずっと持ってるの大変だけど、どうしてるんだろう。

もしかして暗器みたいにスカートのベルトに差して持ち歩いてるのかな、と思って他の二人を見ると、二人とも手に持ってた。

もしかして淑女《しゆくじよ》の必需品《ひつじゆひん》なのかもしれない。

私はずっと持ってるなんて邪魔《じやま》だから嫌《いや》だけど。

「社交に不慣れでしょうから、ぜひ私どもにお手伝いさせてくださいませ。レティシア様には素敵なお兄様がいらっしゃいますが、女性同士にしか分からないこともありますでしょう？」

ドリスさんはにこにこと、いかにも私は親切です、という顔で私を見ている。

その完璧なまでの微笑みに、ああ、とっても貴族らしい人だなぁと思う。

なんていうか、気のせいかもしれないけど、目が笑ってないんだよね、目が。

私としては、もーちょっと庶民寄りの人の方が安心して付きあえるんだけどなぁ。

あと、お兄様目当てで私と仲良くなろうとしてるのが見え見えで引く。

そりゃあお兄様はカッコイイし完璧だから狙《ねら》うのも無理はないけど、でも私をダシにしてお兄様に近づこうっていうのは、一番悪手だよ。

そもそも我《わ》が家でお茶会を開いたとして「敵は外」のお札を貼ってる我が家の扉《とびら》をくぐれるんだろうか。

我が家にとっての敵じゃないけど、私にとっての敵になるからね。

だってお兄様の中身を好きになってくれたわけじゃなくて、見た目とか地位とか、そんなのしか見てない人なんて私の敵以外の何者でもない。

だから扉をくぐれないはず。

だったら一生お兄様は独身じゃないとダメなのかって言われると、別にそんなことはない。

お兄様が本当に愛する人ができたら、喜んで……は、無理だろうけど、泣く泣く認めるつもりではある。

凄く泣くだろうけど。

心の中で血の涙を流すと思うけど。

それでも絶対に認めないなんてことはない……はず。

だってお兄様は私の最推しだから、世界で一番幸せになってほしいんだもの。

「まずは学校に慣れるのが一番だと思っておりますの」

私はドリスさんがどんな返事を期待してるか分かっていながら、サクっと無視した。

えー、だって、お友達になるならもっと素直《すなお》な可愛い子がいいもん。

こういう腹の探《さぐ》り合いばっかりする友達付き合いって、ちょっと無理。

表面上の付き合いも確かに必要だけど、学生の間はお友達を選ぶのも好きにしていいって、お父様とお兄様に言われたもの。

だからこういういかにもお兄様目当てです、っていう人じゃなくて、本当に気の合う友達が欲《ほ》しい。

そんな人がいないかなぁ。

さりげなーくクラスの中を見回してみる。

みんな、私たちのやり取りが気になるけど、じっと見ると不躾《ぶしつけ》だと思うのか、さりげなーく視線をずらしている。

うーん。分からないね、これは。

まあそのうち気の合う友達ができるでしょう。

そう思って、そのまま彼女《かのじょ》たちをスルーして席に着こうとしたら、誰かが肩にぶつかってきた。

同級生たちより体の小さい私は、軽くぶつかられただけでも転びそうになる。

「すっ、すみません」

しかも当たった感触《かんしょく》がなんか柔らかい。

これは肩同士がぶつかったんじゃなくて、私の肩と相手の胸が当たったみたい。

えー、誰よ。こんなに羨《うらや》ましい胸の持ち主は。

ちゃんと前を見てよね、と文句を言おうと思って顔を上げると、ちょっとたれ目の青い瞳《ひとみ》が焦《あせ》って私を見降ろしている。

あれ？

なんかこのたれ目には見覚えがある。

誰だっけ……？

分かんないなら聞けばいいよね。

「大丈夫《だいじょうぶ》ですわ。私、レティシア・ローゼンベルクと申します。一年間どうぞよろしくね」

ふっふっふ。

さすがにレティシアになってから十四年間経《た》ってるからね。

お嬢様言葉も完璧よ！

それに加えてお母様譲《ゆず》りのこの愛らしさ！

自分で言うのもどうかと思うけど、結構可愛く育ったと思うの。

お兄様の完璧な美貌《びぼう》には負けるけど。っていうか勝負にすらなってないけど。

にっこり微笑むと、目の前の女の子の顔が真っ赤になった。

「あっ、あっ、あの、私、マリアって言います」

マリア……やっぱり聞いたことがあるなぁ。よくある名前だからかな。

名字がないってことは平民だ。

平民がこの学園に入るのは、アベルのように勇者だったり、特別な魔力があったりと、かなり特殊《とくしゅ》なケースに限られる。

基本的にここは、貴族の子女のための学校だからね。

だからこの子も何か特別な魔力を持ってるんだろう。

それに記憶にないけど多分、原作小説にも登場している。

だったら友達になるしかないよね！

「よろしかったら一緒に座りませんか。あそこなんて良さそう」

そう言って、さっさと窓《まど》際の席に座って手招きする。

マリアちゃんは「え」と固まった後、ぎくしゃくと私の横に座った。

さっきのお兄様目当ての三人は、悔《くや》しそうにマリアちゃんを見ていた。

あ～。これは逆恨《さかうら》みされちゃうパターンだ。

ごめん、マリアちゃん。私が短絡的《たんらくてき》過ぎた。

そうだよね。貴族を無視して、いきなり平民に声をかけたらおかしいもんね。

でも別にローゼンベルク公爵家《こうしやくけ》は貴族の評判とかどうでもいいから、気にしなーい。

それよりも、マリアちゃんがいじめられないように私が見張ってあげなくちゃ。

だって私がお友達になれそうな子って、マリアちゃんくらいしかいなそうなんだもん。

一方的に私からお友達認定《にんてい》されたなんて思ってないマリアちゃんは、学校指定のカバンから教科書を取り出した。

アベルもそうなんだけど、この学校に入学する平民は、カバンとか制服の値段が高すぎて揃《そろ》えることができない。

だからそういう、学校で使うものは支給されるのだ。いわゆる、特待生みたいなものかな。

貴族はもちろん自腹で揃えるんだけど、貴族といっても名前だけで平民みたいな暮らしをしている人もいる。

その場合は、中古の制服なんかを伝手《つて》を使って手に入れるしかない。

このクラスにも、何人かそういう人がいそう。

それに比べると、平民のマリアちゃんの制服は新品でピカピカだ。

確か小説のアベルはその新品の制服を着ているのを妬《ねた》まれて、同級生に無理やり中古の制服と交換《こうかん》させられちゃったんじゃなかったっけ。

マリアちゃんがそうならないように、私が気をつけてあげなくちゃ！

「私、今まで体が弱くて外に出なかったので、こういう人の多いところにくるのは初めてなんです。だからちょっと緊張《きんちょう》してしまって……」

私が話しかけるとビクっとしたマリアちゃんだけど、私が友好的で、かつ世間慣れしていないと思ったのか、少し肩の力が抜けた感じがした。

うむ。良きかな良きかな。

これで友達一人、ゲットだね！

「そうなんだ……じゃない、そうなんですか。あの、今は体調は……？」

やーさーしー！

まず私の体調を心配してくれるなんて、良い子じゃない？

私の目に狂《くる》いはなかった！

「今はもう完治しましたの。魔力過多の特効薬ができましたから」

これは周りにも聞こえるように言う。

今まで病弱だったのは魔力過多だったからで、今はもうすっかり元気なんですよ、ってアピールをするためだ。

お兄様に萌《も》えすぎなければ大丈夫。

ちょっとピカピカ光るけど、空の魔石《ませき》を持っていればいいし、モコもいてくれるしね。

そのモコは私の膝《ひざ》の上で丸まっている。

気になるのか、マリアちゃんがさっきからチラチラ見ていた。

一人だけペットを連れて学校に来ていたら、なんだろうと思うよね。

モコはペットじゃないけど。

「この子は精霊の一種でモコって言います。完治したとはいっても、いつまた急に発作が起きるか分からないので、念のために学校に許可を頂いています」

今度ははっきり周りを見回しながら言う。

モコが動物じゃなくて精霊だって言っておけば、無駄《むだ》に怖《こわ》がられることもないし、危害を加えられることもないからね。

まあこの国でローゼンベルクに歯向かう人なんていないだろうけど、一応、念のため。

私はちゃんと根回しができる子なのだ。えっへん。

「そうなんですね。可愛い……」

マリアちゃんが青いたれ目をさらにたれさせてホンワカしている。

そうよ、こういう子と仲良くなりたいの。

さっきの貴族三人娘《むすめ》みたいに腹の探り合いみたいな会話しかしないお友達はいりません。

はっ。

もしかして、前世も含《ふく》めて、初めてのお友達じゃないかな。

少し胸がドキドキする。

私は慌《あわ》ててポケットの魔石を握《にぎ》った。

大丈夫、そんなに魔力が漏《も》れ出てない。セーフセーフ。

「私の幼馴染《おさななじみ》も魔力過多だったんですよ」

「まあ、それは大変だったでしょう」

平民で魔力過多だと厳しかっただろうなぁ。それともそんなに症状《しょうじょう》が重くなかったとかじゃないと、生き延びられなそう。

マリアちゃんのこの言い方だと、亡くなってはいなそうだけど。

「今はすっかり良くなって、この学園に通っていて」

え。

ちょっと待って。

平民で、魔力過多で、この学園に通ってる？

そんなの、一人しか――。

「アベルっていうんです」

それ、勇者じゃーん!!!

第五章　勇者の幼馴染

勇者アベルに対しての私の感情は複雑だ。

魔王からこの世界を救ってくれるありがたい存在なんだけど、原作ではお兄様を殺しちゃうからね。

もちろんお兄様が闇落《やみお》ちしてラスボスにならなければその未来は訪《おとず》れないいんだけど、少しでも可能性があるならあんまりお近づきにはなりたくない。

小説のファンとしては、遠くから見守るくらいがちょうどいいと思ってる。

学園に入学しても新入生と最高学年だからそんなに接点がないし、一年間だけ避《さ》ければ何とかなるかなと思っていたのに、まさかこんな罠《わな》があるとは……！

「マリア！」

ぎゃあああああ。

勇者、なんでいるのおおおおお。

幼馴染を心配した勇者アベルは、なんと授業が始まる前にマリアちゃんの様子を見にうちのクラスまでやってきました。

まだ魔王が復活してなくて名誉職《めいよしょく》みたいな扱いだけど「勇者」の肩書《かたがき》は強力だ。

クラスメイトたちがアベルの登場にざわついている。

栗色《くりいろ》の髪《かみ》に金の混じる琥珀色《こはくいろ》の瞳。

かつて聖剣《せいけん》のある洞窟の近くの村で見た時よりも、成長してたくましくなっているアベルがそこにいた。

ただ小説の挿絵で見た時のような陰《かげ》はない。

正義感にあふれ希望に満ちた、人々が想像する「勇者」そのものの眩《まぶ》しいほどに光《ひか》り輝《かがや》くオーラがあった。

「アベル」

アベルの姿を見たマリアちゃんが嬉しそうに立ち上がった。

席に座《すわ》ったままの私は貴族らしく微笑《ほほえ》みを顔に張りつけながら、ただのクラスメイトですよー、無害ですよー、とアピールしておく。

小説のようにお兄様がアベルに討《う》たれるなんてことはないだろうけど、こうして問答無用でお近づきになっちゃったからには、もしもの時のために、少しでも勇者からの好感度は上げておかないとね。

そう思っていると、注目されているのが分かっているアベルは、ぐるりとクラス中を見回した。

「僕《ぼく》はアベル。一応教会から勇者として認定されている。ちなみにこの子は僕の幼馴染なんだ。仲良くしてあげてね」

うーわー。

貴族だからといって平民のマリアちゃんをいじめるなって、けん制してる。

少し威圧もかけてるのか、空気がピリピリする。

モコが心配そうに私を見上げているのが分かったけど、これくらいなら何ともないから平気だよ、とそっとモコの体をなでる。

モフモフが気持ちいい。

「もうアベルったら心配性《しんぱいしょう》なんだから」

マリアちゃんはそんなアベルの威圧にまったく気がつかず、アベルの肩《かた》をペシペシ叩《たた》いている。

幼馴染だからこの威圧に気がつかないのかなぁ。

マリアちゃん、結構大物かもしれない。

「だって村から一人でやって来て心細いだろうと思ってさ」

「大丈夫だよ。それにね、もうお友達ができたの」

へー。凄《すご》いなぁ。やっぱりコミュ強っているんだなぁ。

と思っていたら、マリアちゃんがくるんと振《ふ》り向いた。

「レティシアさんって言うのよ」

えっ、私？

挨拶してちょっとお喋《しゃべ》りしただけで友達認定してくれたの？

それは……嬉しいかも。

いや、私はお友達になれたらいいな、って思ってたけど、相手もそうかは分からないからね。

お兄様を殺すかもしれないアベルの幼馴染っていうのが引っかかるけど、考えようによっては近くで見張ることもできるわけだし、今からお兄様の素晴らしさを語っておけば良いのでは。

そうだよ。

同担にしちゃえばいいのよ。

私ったら頭いい。

「初めまして、レティシア・ローゼンベルクです」

「ローゼンベルク……セリオス先輩《せんぱい》の妹さん？」

えっ。もしかしてお兄様ともう知り合ってるの？

魔《ま》王討伐《おうとうばつ》パーティーなんてまだ組まれてないのに？

お兄様！　聞いてませんよー！

報連相は、とってもとっても大事ですよ！

「お兄様をご存じなのですか？」

「うん。同じ魔力過多の妹さんがいるからって目をかけてくださって……。そうか、君がその妹さんなんだね」

そういえば、学年も違うし貴族と平民だから接点がないと思ってたけど、魔力過多で、しかも勇者であるアベルをお兄様が気にかけないわけない。

お兄様はきっと、私と同じ病気で苦しむアベルを放っておけなかったんだろう。

小説でもそんな描写《びょうしゃ》があったような気がする。

アベルはそんなお兄様に感謝して、共に戦う喜びを伝えていた。

アベルとお兄様とエルヴィンと――魔王討伐パーティーの三人は、旅の途中《とちゅう》までは深い信頼《しんらい》で結ばれた仲間だった。

「君の病気を治すための薬が、結果的に僕を救ってくれた。本当にありがとう」

アベルの強いまなざしが私を見つめる。

あぁ。

小説と一緒だ。

真《ま》っ直《す》ぐで眩しくて、そしてその正しさはすべてを焼き尽《つ》くす。

アベルとマリアちゃんは和気あいあいと話をしている。

仲良しなんだなぁ。

それにしてもマリアちゃんはどうして学園に入学できたんだろう。勇者の幼馴染だからってことはないはずだし。

そんなことを考えながらぼーっとマリアちゃんを見てると、アベルと目が合った。

一瞬《いっしゅん》、刺《さ》すような鋭《するど》い視線。

も、もしかしてお兄様がラスボスだってバレた⁉

いやいやいやいや、お兄様はまだラスボスになってないし、ラスボスにはさせないし、
絶対それじゃない。

だとするとなんでだろう。

ふいっと目を逸《そ》らしたアベルは、クラス中に視線を向ける。

まるでけん制するみたいに、特に男子生徒相手には思いっきり威嚇《いかく》してる。

……まさか、ね。

アベルが好きになるのはフィオーナ姫《ひめ》のはずでしょ？

僕の大切なマリアに近づくやつは許さない的なけん制なんてことはないよね？

あ、令嬢《れいじょう》三人組も見た。

アベルの視線はさっきよりもほんの少～しだけ穏《おだ》やかだ。でもマリアちゃんをいじめたら承知しないぞっていう圧迫《あっぱく》感がある。

でもそろそろ止めておかないと、授業が始まっちゃうぞー。先生が来ちゃうぞー。

そういえば学園のシステムって、日本と同じような感じなのよね。担任がいて、それぞれの教科担当がいて、生徒会もある。

このクラスの担任の先生って誰かな。

お兄様だと超嬉しいけど、臨時講師だからきっと無理だよね。

優《やさ》しい先生だといいなぁ。

モコをなでながら、教室の入り口を見る。

モコがピクっと耳を動かしたのと同時に、入り口に人影《ひとかげ》が現れた。

あっ、あれは——。

「こらアベル。お前の教室はここじゃないだろう」

お兄様ぁぁぁぁぁ!!!

突然《とつぜん》のお兄様の登場に、驚《おどろ》きつつ歓喜《かんき》した私の魔力をモコが吸い取ってくれる。

さらに足りないのでポケットの中の魔石をつかんだ。

空の魔石、たくさん持ってきて良かった。

「セリオス先輩」

お兄様の姿をとらえたアベルが、嬉《うれ》しそうに名前を呼ぶ。

気のせいか、お尻《しり》にわんこのシッポが見えた。

想像以上のフレンドリーさに、私は思わずお兄様に尋《たず》ねる。

「お兄様は勇者のアベルさんと仲良しだったんですか？」

「いや、さほど仲は良くなかったと思う」

「え？」

「え！」

私とアベルは同時に声を上げ、二人で見つめ合った。

「レティと同じ魔力過多だということで、かなり参考になった。ありがとう」

「え、マジで妹と同じ病気だから優しくしてくれてただけ？」

「基本的には。でも後輩《こうはい》として正しい道を選ぶ手助けはできるよ」

お兄様としては普通《ふつう》の後輩として接してた感じなのかなぁ。

アベルは結構ショックを受けてるっぽい。

そうだよねぇ。お兄様から特別扱いされてると思ってたんだもんね。

私はこれで、なぜお兄様がアベルの名前を出していなかったかが分かった。

アベルは勇者なのに、ただの後輩だと思ってたんだね。

「幼馴染が気になるのは分かるが、もう授業が始まる。自分の教室に戻《もど》りなさい」

「あ、ヤバッ」

壁にかけられた時計を見たアベルは、お兄様に頭を下げると、慌てて教室へ戻っていった。

お兄様はそんなアベルを「まったくあいつは」という顔で見送る。

そして振り返って私を見た。

アイスブルーの瞳がほんのりと柔《やわ》らかさを増して、形の良い唇《くちびる》がわずかに笑《え》みの形を作る。

片手に教科書を持って白いシャツにジレを着ているお兄様は、まさに乙女《おとめ》の理想の教師という出で立ちで、教室のあちこちからうっとりするようなため息が漏れる。

くううううっ。

お兄様、かっこよすぎではないですか。

「さて、早速《さっそく》だが授業を始めるので、みんな席に着きなさい」

当然のことながらえこひいきなどしないお兄様は、私から視線を外して教壇《きょうだん》へ立った。

わーい。正面以外から見るお兄様の顔も素敵《すてき》。

「さて。私は今日から君たちの担任としてクラスを受け持つセリオス・ローゼンベルクだ。一年間、よろしく頼《たの》む」

お兄様が喋るたびに、女生徒たちから抑《おさ》えた黄色い声が上がる。

うんうん。分かる分かる。

声すらもカッコいいもんね。

さっき私に絡《から》んできた三人組なんか、声を抑える気もないらしくキャーキャー言っててちょっとうるさい。

「最初に言っておくが、卒業したばかりの私が教師として教壇に立つのは、魔力過多から回復したばかりの妹、レティシア・ローゼンベルクのためだ。回復したとはいえ、魔法《まほう》を使う際にはまだ命の危険がある。そこで私が魔法学の講師とこのクラスの担任を務めることになった」

教室中から私に視線が刺さる。

私は、ここぞとばかりににっこり微笑む。

第一印象ってとっても大事だからね。スマイル０円で好印象を持たれるなら、いくらでも振りまいちゃいます。

そんな生徒たちに注意を促《うなが》すように、お兄様は持っていた教科書を、わざと音を立てて机に置いた。

「妹をえこひいきしていると思う者もいるかもしれないが、はっきり言おう。その通りだ。ローゼンベルクを敵に回したくないならレティシアに危害を加えるな。学園は平等を謳《うた》っているが、そんなものは建前だ。ここは社会の縮図で、君たちは大人になってからの立ち位置を学ぶために学ぶのだ。だが上位貴族が理由なく下位のものを虐《しいた》げるのは許さないから、そのつもりでいるように」

お兄様は公私混同をしないと思ってたけど、それは私の間違《まちが》いでした。

思いっきりえこひいき発言してます。

さっきのアベルへの塩対応はなんだったのかと思うくらいの、盛大《せいだい》なえこひいき宣言が出ました。

もちろんそんなお兄様の発言に、教室がシーンとした。

私もびっくりした。

でも今のお兄様、ちょっとラスボスっぽくてカッコよかったです！

お兄様は爆弾《ばくだん》発言をした後、何事もなかったかのように授業を始めた。

教室の中は怖いくらい静まり返っていて、周りの生徒たちはなるべく私と視線を合わせないようにしている。

まあねー、それは無理もないよねぇ。

お兄様に逆らうのはローゼンベルク公爵家に逆らうのと同じだから、何かあったら自分だけじゃなくて家にも影響《えいきょう》が出ちゃうもんね。

ただお兄様が私をえこひいきするのって、主に体力的なものと、魔力の発動の特殊性《とくしゅせい》についてだと思う。

だって私、普通の魔法は使えないんだもん。

「さて。諸君はこれまでにも魔法を使ったことがあると思うが、それぞれ得意な魔法を教えて欲しい。ではまずレティシア・ローゼンベルクから」

お兄様からのご指名に、私はもちろん喜んで席を立った。

膝に乗っていたモコは、サッと私の肩に移動した。

肩乗りモコ、可愛《かわ》い～！

周りの生徒たちの目がモコに注目する。

隣《となり》の席のマリアちゃんは口元に両手を当てて「可愛い」と小さく呟《つぶや》いていた。

うんうん、うちの子は可愛いもんね。

「はい。私の得意な魔法は『お守り』です」

「それはどんな魔法ですか」

「守護の魔法になります。詳《くわ》しくは魔法の秘匿《ひとく》とさせてください」

魔法の秘匿というのは、その人の魔法が特殊で、詳細《しょうさい》を他人に説明できない場合に適応される。

つまりネタバレしちゃうと弱点が分かっちゃうから、内緒《ないしょ》にするよ、ってことだ。

もちろん学園側にはきちんと説明しているので、問題はない。

「他にはありますか」

お兄様が丁寧《ていねい》に聞いてくれる。

実はこの質問って私のためなんだよね。

魔力過多は治ったけど、アベルと違って私の場合は、魔法を使うと魔力が一気に流れ過ぎて意識を失ってしまう。

お兄様とランの考察によると、魔力を流す出口が小さいので詰まってしまって体内に逆流するんじゃないかってことだった。

完治してもうまく魔法を使えない私は、下手すると魔力《まりょく》なしだと思われて侮《あなど》られるかもしれない。

貴族は魔力があるのが当然だから、魔力なしは相当肩身《かたみ》が狭《せま》いのだ。

私の魔法はお守りに特化してるから、最初にそれを説明して、私が魔力なしではなく、常に魔法を発動していることを証明しなくちゃいけない。

でもそうするとお守りの秘密を公開しなくちゃいけなくなる。

だけどそんなにたくさんの人のお守りを作ったら、モコのふわふわもこもこの毛がなくなっちゃうじゃない。

それにローゼンベルク家と敵対する家に手の内を明かすことになるから、学校内でほいほい教えられない。

魔力を流す出口がもうちょっと大きければ、有り余る魔力を使って派手な魔法をドーンと使えたんだけど。

魔力過多の時は魔法を使うと出口が壊《こわ》れて魔力を垂れ流しにして、治っても出口が詰《つ》まるとか、本当に厄介《やっかい》な病気だわ。

死の危険はなくなったからそれだけでも良いんだけど、やっぱり転生したからには派手な魔法をガンガン使いたかったなぁ。

「使《つか》い魔とは少し違うのですが、形代を使って戦うことができます」

クラスメイトたちが私の肩の上のモコに注目する。

いや、モコは使い魔じゃありませんので、そんなに見ないでください。

「ではそれを見せてください」

「はい」

私は頷《うなず》いて、用意していたものを取り出した。

じゃじゃーん。これが私の最終兵器でーす！

「なんだあれ……」

「紙？」

「見たことない形だぞ」

私はたたんでいた赤い紙を取り出して、広げる。

じゃじゃーん。

あらかじめ折っていた、折り鶴《づる》でーす。

手の平の上に載《の》せた折り鶴をそっと空に放す。

すると、折り鶴はふわっと空に浮《う》かんだ。それからまるで滑空《かっくう》するかのように羽を動かさず真っ直ぐに宙を飛び、そのままお兄様の元へと飛んでいく。

うふふふふ。

これぞ私の秘密兵器。折り紙君一号だ。

お守り以外に魔力を発揮できる方法を考えて、陰陽師《おんみょうじ》の使う式神を思いついた。

陰陽師が人形や鳥形の紙に霊力《れいりょく》をこめて式神として使役《しえき》し、使役された式神は人や鬼神《きじん》、あるいは異形へと姿を変えて怪異《かいい》と戦う。

この世界に式神はいないけど、使役された魔物《まもの》である使い魔がいる。

つまり「魔」を従えるシステムがある。

ただの紙が動き出したら、それを得体のしれないもの、悪いものだと連想する人も多いだろう。

だがその「悪いもの」を使役すれば、あら不思議。なんだか凄く力のある味方ができる、というわけだ。

もちろんうちの折り紙君一号も、ただ飛ぶだけじゃない。

その羽はまるでカッターのように鋭く、目にもとまらぬ速さで敵に攻撃《こうげき》できるのだ。

もちろんそこに至るまでの研究は大変だった。

なにせ紙にどんな字を刺繍《ししゅう》すれば式神のように使役できるか分からなかったからだ。

でも色んな試行錯誤《しこうさくご》の末、やっと式神ができた。

なんのことはない。紙に「式神」と刺繍すれば良かったのである。

人形に切った式神は、紙のままだったけれど、私の命令通りに動かす事ができた。

でもぺらっぺらの紙は、何かをやらせるには向いていない。

陰陽師の式神のように人間になったり鬼神になったりしてくれれば良かったんだけど、さすがにそれは無理だった。

そこで立体的にするにはどうしたらいいかと考えて思いついたのが折り鶴だ。

しかも鶴の形ならば少しくらいの風では吹《ふ》き飛ばされないくらい頑丈《がんじょう》になった。

不思議なことに、改良を重ねていくうちに、なぜだか折り紙に個性が出てきた。

赤い紙で折った折り紙君一号はリーダー気質で、青い紙の折り紙君二号は頭脳派。そして黄色の折り紙君三号は末っ子気質で好奇《こうき》心旺盛《しんおうせい》である。

折り紙が壊れて使い物にならなくなっても、名前をつけ直した途端《とたん》に元の性格が現れるから、もしかしたら本当に式神を生み出しちゃったのかもしれない。

折り紙君一号は私の使い魔になって、折り紙君二号はお兄様、折り紙君三号はお父様にあげた。

するとなんと、折り紙君を通して、遠く離れていても三人の間で会話ができるようになったのだ。

つまり、お兄様やお父様とどれだけ離れていても、いつでもどこでも会話ができるのだ。

これって、控《ひか》えめに言って、最高です。

「ここでは見せられませんが、この形代の羽は鋭い刃《やいば》のようになって敵を攻撃します」

私が確認《かくにん》を取るようにお兄様を見ると、同意するように頷いてくれた。

そして他の生徒たちにも言い聞かせるようにして教室を見回す。

「攻撃魔法《こうげきまほう》については教室ではなく練習場で見せてもらうので、着席するように」

お兄様は受け取った折り紙君一号をそっと飛ばして私に返した。

ちゃんと戻ってくる折り紙君一号に、まるで生き物みたいだねって言って、教室が騒《ざわ》めく。

「静かに！　他に特殊な魔力というと……マリア君、君の得意な魔法を教えてくれるかな」

おっと。

隣の席のマリアちゃんがご指名された。

そういえばお兄様の登場ですっかり忘れてたけど、平民のマリアちゃんがこの学園に入学できたってことは、何か凄い魔法が使えるってことだもんね。

なんの魔法だろう。

一斉《いっせい》に注目されたマリアちゃんは、ビクビクしながら立ち上がる。

「えっと、あの、私は」

マリアちゃんは注目されるのに慣れてないのか、おどおどと周囲を見回す。

マリアちゃん、がんばって！

心の中で応援《おうえん》していると、マリアちゃんが一瞬私を見た。

私が頷くと、応援している気持ちが伝わったのか、マリアちゃんがようやく口を開く。

「私は回復魔法が使えます」

なるほどー。回復魔法か～。

怪我《けが》とか病気を治せる回復術師は貴重なので、少しでも回復魔法に適性のある人は、それを伸《の》ばして回復術師の仕事に就《つ》く人が多い。

マリアちゃんみたいに初めから回復魔法が使えるって分かってたら、学園で学ばせるのは当然なのかも。

それにしてもあんな辺鄙《へんぴ》な村から、魔法を使える人間が二人も現れたなんて、やっぱりあの土地には何かあるのかなぁ。

と、そこで今ではすっかり執事《しつじ》が板についた聖剣の顔を思い出す。

もしかして聖剣の魔力が漏れ出て影響を受けたんじゃ……。

だってリコリスの花も、聖剣の魔力を浴びて突然変異の黄金のリコリスになったんだもんね。
この仮説はもしかしたら正しいのでは。
なんてことを考えているうちに、クラスメイトたちの魔法の申告《しんこく》が終わってしまってい
た。
しまった。全然聞いてなかった。
でもそのうち授業で誰《だれ》がどんな魔法を使うか分かるから特に問題はないかな。
お兄様がこれからどんな授業をやるか説明をすると、ちょうど良いタイミングで終わる
時間になってしまった。。
どうしよう。あっという間だった。
くううう。
もっともっと長くてもいいのに。
むしろ一日中お兄様の授業でも問題ありません。
そんな私の願いはむなしく、お兄様は教室から出ていってしまった。
あああああ。
お兄様、かむばーーーーーっく！
入り口の扉《とびら》に残る銀の残像を目に焼き付けていると、さっきの三人組が近寄ってきた。

名前なんだっけ。伯爵家《はくしゃくけ》、子爵家《ししゃく》、男爵家《だんしゃく》の人たちだよね。

「レティシア様、さっきの使い魔のようなものは何ですの」

伯爵家の、えーと、ドリス・ミュラーが私の机の横に立った。

「折り紙君一号です」

「おりがみくん……変な名前ですわね」

変じゃないもん。お兄様だっていい名前だね、って褒《ほ》めてくれたんだから。

っていうかこの子たち、何か用？

「魔法が使えないという噂《うわさ》でしたけど、ちゃんと使えますのね」

ちゃんとかどうかは別だけどね。

魔力はあっても、使えないわけだし。

っていうか、面と向かって「魔法が使えないと思ってた」って言うの、失礼だよ。

ムッとしたので、私は無言で折り紙君一号を周りに飛ばした。

「ええ。この通り使えますよ。ただたまにコントロールを悪くしてしまうことがあるので、うっかり制服を切ってしまったらごめんなさいね」

「ひっ」

小さく悲鳴を上げた三人は、凄い勢いで逃《に》げていった。

っていうか、私の方が高位なのに、よくマウント取ろうと思って近寄ってくるよね。

ふんっと鼻息を荒《あら》くして逃げる三人を見送ると、教室中の人が私に注目していた。しかもちょっと引かれている。

しまった。思わず撃退《げきたい》しちゃった。

やりすぎちゃったかなぁ。

でもああいう有象無象《うぞうむぞう》な人たちが周りにいてもロクなことにならないもんね。

たとえ学園で一人ぼっちでも、お兄様がいるからいいの。

心の中に推《お》しがいれば、どんなに辛《つら》いことだって乗り越《こ》えられるんだから。

高位貴族らしくツンと澄《す》ました顔で着席すると、隣のマリアちゃんがキラキラした目で私を見ていた。

「それ凄いね……じゃなくて、凄い、ですね。紙でできてる、の……ですか?」

平民として育ってるマリアちゃんは、うまく敬語を使えないみたい。

なんとか敬語にしようとして、変なカタコトになってる。

私に引いていたクラスメイトたちが、今度はマリアちゃんの言葉遣《ことばづか》いに眉《まゆ》をひそめている。

いや、今まで使ったことがないんだから、敬語を使えないのは仕方がないでしょう。

いくら言葉遣いがちゃんとしてても、さっきの三人組のほうが失礼だったよ？

「ええ、そうよ。紙を折って作るの」

「紙を折る？」

不思議そうなマリアちゃんに、私はカバンから折り紙を取り出す。

これはお父様にお願いして作ってもらった正方形の色紙だ。折り紙よりちょっと厚いけど、そんなに細かいものじゃなければ十分に折れる。

むしろ折り鶴のくちばしのところは、きっちり折れて気持ちいい。

「まずこの紙の角を合わせて三角形にするの。もう一回三角形に折って、それから――」

折り紙の説明をしながら折っていく。途中で羽と足だけみたいな格好になると、マリアちゃんは変なものを見るような目になった。

でもそこから頭と尾《お》を作っていって鳥の形になると、再び目が輝く。

さらに羽を広げて見せると、マリアちゃんは「凄い！」と感嘆《かんたん》の声を上げた。

「この鳥がさっきみたいに飛ぶの？」

「これは飛ばないわ。どうやって飛ばすかは、秘密なの」

「そうなんだ」

素直《すなお》に頷くマリアちゃんは、やっぱり敬語ができてない。

さっきアベルはお兄様にちゃんと敬語を使ってたから、アベルから教えてもらえるかな。

でもアベルって確か寮《りょう》に住んでるんだよね。

基本的に魔力を持つ貴族はこの学園に通う義務がある。

だから馬車で何週間もかかる場所に住んでいる生徒たちのために、寮が完備されているのだ。

寮は上位貴族のために豪華《ごうか》に作られ、初代国王クライス・ハイクレアの名前を冠《かん》したクライス寮と、貴族からの寄付でまかなわれていて貧乏《びんぼう》な貴族や平民の特待生が住むフィッツ寮に分かれている。

もちろんアベルとマリアちゃんはフィッツ寮に入っているんだけど、建物の中は男女でしっかり分かれてるから交流はできない。

というか、交流できる方がマズイもんね。

だからアベルから敬語を習うのは無理かもしれない。

同室の子たちが優しくて教えてくれるようならいいだろうけど、どうなんだろう。

なんか、気になったら止まらなくなっちゃったよ。

できればお兄様を殺す可能性のあるアベルの関係者とは、お近づきになりたくなかったんだけどなぁ。

まあ、お兄様が既《すで》にアベルと親しいから、今さら避けるのは無意味な気もする。

それにこんな風に折り鶴に興味を持って目をキラキラさせてるマリアちゃんを見てると、貴族たちの害意にさらされて傷つくのは可哀想《かわいそう》だって思っちゃう。

貴族だけど前世の平民の意識がある私なら、いい感じにフォローしてあげられそうではあるのよね。

だけどマリアちゃんと仲良くなると、必然的にアベルとも近くなるわけで。

マリアちゃんと仲良くなるのはいいけど、アベルはなぁ。

好青年なんだけど、小説と違って、なんかこう腹に一物あるタイプに見えるんだよね。

なかなか悩《なや》ましいなぁ。

今のところ魔王《まおう》は復活してないから、お兄様とアベルの関係は、ただの先輩後輩《せんぱいこうはい》だ。

小説では学園の実地訓練でパーティーを組んだ流れで、一緒《いっしょ》に戦うことになったはず。

もしこれから小説の通りに魔王が復活するとしても、このままの関係なら、お兄様が必ず討伐《とうばつ》パーティーに入るとは限らない。

あ、そうだ。むしろ私がマリアちゃんと仲良くなって、マリアちゃん経由で勇者パーティーに同行して内情を探《さぐ》るっていうのはいいかも。

「マリアさんは回復魔法が使えるのね。素晴《すば》らしいわ」

そうやって話しかけることで、暗に私、レティシア・ローゼンベルクがマリアちゃんを認めたということを示す。

それが分からない貴族はいないだろう。

そっと視線を巡《めぐ》らせると、みんなサッと目を伏《ふ》せた。

多分……分かったんだよね……？

私が怖《こわ》がられてるだけとかじゃないよね……？

「うん。そうなの。アベルが……、あ、さっき来た私の幼馴染《おさななじみ》と一緒に遊んでる時に魔物に襲《おそ》われて、私をかばったアベルが怪我をしたの。その時にパアッと光って怪我《けが》が治ったんだ」

「魔物に襲われた？」

え、ちょっと待って。

魔物に襲われたの？

でもそれだと瘴気《しょうき》が残るから、普通の回復魔術《まじゅつ》じゃ回復できないはずだよ。

それを治せるのは、神殿《しんでん》で修業《しゅぎょう》を積んだ神官か――。

「そう。なんかいっぱい血が出て傷のとこが紫色《むらさきいろ》になって」

「それを治したのですか？」

「うん」

傷口が紫《むらさき》って、それやっぱり瘴気じゃない。

ということは。

聖女……？

もしかしてマリアちゃんって、聖女なの⁉

◇◇◇◇◇

「ということで、どう思いますか、お兄様？」

「聖女か……」

家に戻った私は、さっそくお兄様に質問してみた。

学園の講師になったとはいえ、公爵《こうしやく》家の後継《あとつ》ぎとしての仕事もあるお兄様はとても忙《いそが》しい。

そこにさらに王太子エルヴィンの側近としての仕事もあるんだから、休む暇《ひま》もないはずだ。

でもスーパー有能お兄様は、学園での授業が終わったらさっさと帰宅して仕事を片付けて、私とのお茶の時間を捻出《ねんしゅつ》してくれている。

お兄様は行きだけじゃなくて帰りも私と一緒の馬車で帰りたがったけど、さすがに学園に他の仕事の書類を持ちこむわけにはいかず断念したらしい。

もしお兄様がまだ学生だったら一緒に登下校できたんだけどなぁ。

学生服姿のお兄様は本当にカッコよかったから、制服でのお揃《そろ》いコーデをしたかった、って嘆《なげ》いたら、学生服姿のお兄様がお出迎《でむか》えしてくれました。

はあああああ。

やっぱりかっこいいいぃぃぃぃ。

推しが、私とお揃いの制服を着てるー！

これはファンサービスですか？

どこにお布施《ふせ》すればいいですか⁉

兄妹《きょうだい》として暮らしてもうお兄様の麗《うるわ》しさには慣れたはずなのに、お兄様はいつでもときめきで私の心臓を止めにかかります。

今は魔力過多が治ったので、あふれた魔力はまるで仏様の後光のように部屋全体にあふれています。

……お兄様、尊い。

「相変わらずレティシアはセリオスが好きだな」

呆《あき》れたような声を出すのは、いつの間にか我《わ》が家《や》の応接室でくつろいでいるエルヴィンだ。

れっきとした王太子なのに、ここが実家かというくらい、うちに入り浸《びた》っている。

「もちろんですとも。太陽が昇《のぼ》るのと同じくらい、私がお兄様を好きなのに変わりはありません」

きっぱりと断言すると「相変わらずぶれないな」と言って、エルヴィンは大笑いした。

私の答えなんて分かってるんだから、笑うくらいなら最初から聞かなければいいのに。

むうっと口をとがらせると、お兄様が私の口にチョコレートをつまんでくれる。

もちろんお兄様手ずからのチョコレートを食べないわけもなく、私は「あーん」と大きく口を開けた。

エルヴィンはそれを見てさらにゲラゲラと笑う。しかもソファに横になりながらという、お行儀《ぎょうぎ》の悪さだ。

いくら気心が知れているといっても、もうちょっと遠慮《えんりょ》というものを考えてほしい。

私は呆れたようにエルヴィンを見たが、すぐによそ見している場合ではないと思い直す。

それよりもお兄様がくれたチョコを、しっかり味わって食べなくては。

パクっと口に入れるとほろ苦い甘《あま》さが口の中に広がる。

小さい頃《ころ》は甘いミルクチョコが好きだったんだけど、今はもう大人になってきたからお兄様と一緒のビターチョコが大好き。

お兄様が口に入れてくれたからか、特においしく感じる。

喜びにあふれる私の体は、まるでイルミネーションのようにピカピカ点滅《てんめつ》していた。

そしてエルヴィンは涙《なみだ》が出るほど笑い転げている。

「もし本当にあのマリアという生徒が聖女だとしたら、レティへの興味をなくすだろうからいいかもしれないね」

「あー、レブラント枢機《すうき》卿《けい》、しつこかったもんなぁ」

笑いを治めたエルヴィンが、目じりの涙をぬぐいながら起き上がる。

「そういえば最近は来なくなったけど、それってもしかしてマリアちゃんのほうへ行ってたのかな」

私の作ったお守りの効果が悪いものかどうかを探るために、教会の異端審問会《いたんしんもん》のレブラント枢機卿が訪問してきたことがある。

お守りは精霊《せいれい》と言われているモコの毛で刺繍しているから、すぐに異端じゃないって認《にん》定《てい》されたんだけど、見本として渡《わた》したお守りの効果にレブラント枢機卿が「聖女じゃなくてもこれは凄《すご》い」って興奮しちゃって大変だった。

うちが公爵家じゃなければ権力のゴリ押《お》しで、教会に拉致《らち》されてたかもしれない。

確かに前世でもお守りは神社で売ってたし、教会で加護があるって売り出したらとんでもなく売れるだろうから、気持ちは分からなくもないけど。

でも私はみんなの幸せより、お兄様の幸せのほうが大切だから、そこは譲《ゆず》れない。

だって最推しなんだもの！

「でもそのマリアって子は、本当に聖女なのか？」

エルヴィンの疑問に、お兄様は二個目のチョコレートを私の口に入れながら答える。

あまーい。おいしーい。

「聖女であろうがなかろうが、レティの安全のためなら我がローゼンベルクは全面的に聖女として後援《こうえん》するよ」

「ああ、うん。セリオスらしいな」

呆れたようなエルヴィンを見て、お兄様はくすりと笑った。

私がお兄様最推しなのと同じで、お兄様も私をとても可愛がってくれる。

だから私がお守りのせいで聖女認定されて教会に拉致されるのをずっと阻止《そし》してくれてるんだけど、それでマリアちゃんが教会行きになるのはちょっと後味が悪いというか……。

マリアちゃんのことを知らなかった時ならなんとも思わなかったかもしれないけど、もうお友達になったから、心が痛む。

「心外だな。確かにレティを教会に取られるなんていうのは認められないからなんとしても阻止するけど、それはそれとして、マリアは聖女として認定されたほうがいいと思う」

「なんでだ？」

「アベルの幼馴染だから」

「あぁ、なるほどね」

納得《なっとく》するエルヴィンに、私は首を傾《かし》げる。

アベルの幼馴染だと、教会に拉致されてもいいの？

どうして？

「今はまだ学生だからアベルは寮で生活しているけど、基本的に勇者は王都の大聖堂を拠《きょ》点《てん》にしているから、卒業しても王都から離れることはないんだ」

私の疑問に答えてくれたお兄様が、控えていたランに合図をする。

すっかり執事が板についているランは、空になった私のカップに新しく紅茶を淹《い》れてくれた。

ランが選んだ紅茶はアールグレイだ。ほんのりとした柑橘系《かんきつけい》の香りとシャープな味が、チョコレートにぴったり合う。

うちに来た最初の頃はめちゃくちゃ濃《こ》い紅茶とかうっすーい紅茶を出してたのに、成長したなぁ。

「でも回復術師は教会によって色んな地域に派遣《はけん》される。自分の出身地の教会に派遣されればいいけど、マリアのように小さな村の出身はなかなか自分の希望が通りにくい。でも聖女であれば勇者と同じように大聖堂の預かりになるから、ずっとアベルと一緒にいられる」

んん？

なんだかお兄様の言い方だと、まるでアベルとマリアちゃんが恋人《こいびと》同士みたいに聞こえる。

でもただの幼馴染だよね？

いや、確かに初対面の時のアベルはマリアちゃんのことでけん制してたから、ひょっとして、って思ったけど……。アベルはフィオーナ姫《ひめ》と恋《こい》に落ちるはず。

あれれと思いながらも、口の中の紅茶を飲みこむ。

「アベルのやつ、幼馴染に会いたい会いたいってうるさかったもんな。ようやく一緒に学校へ通えるようになったけど一年間だけだし。マリアって子が聖女になればずっと一緒にいられるから万々歳《ばんばんざい》だ」

なんかエルヴィンの言い方だと、アベルはマリアちゃんのことが好きみたいに聞こえる。

エルヴィンの言い方が悪いのかな。

一応ちゃんとした場所ではそれなりの態度を取ってるけど、エルヴィンはうちに来ると
その辺のお兄ちゃんみたいな言葉遣いをする。

安心しきってソファでだらけている姿は、とても王太子殿下《でんか》とは思えない。

「でも聖女じゃないのに、聖女だって言われても後で困るんじゃないのかな」

そもそも小説では聖女はフィオーナ姫だった。

だからマリアちゃんは聖女にはなれない。

そう思ったんだけど。

「レティの話から推察するに、彼女《かのじょ》は本物の聖女の可能性が高いから、大丈夫《だいじょうぶ》じゃないか
な」

「えっ、そうなんですか？」

マリアちゃんが聖女？

だとすると聖女が二人？

「ランはそう言っているよ」

執事のお仕着せを身にまとったランは、私の疑問に頷きで答えた。

ほんとに⁉

本当にマリアちゃんが聖女なの？

「ランはどうしてそう思ったの？」

執事らしく白い手袋《てぶくろ》をしたランは、剣《けん》だった時の騒《さわ》がしさが嘘《うそ》のように静かに部屋の隅《すみ》に控えている。

完璧《かんぺき》な執事のお手本のようなランが実は聖剣《せいけん》だなんて、知らない人が聞いても信じられないに違《ちが》いない。

黒髪《くろかみ》に金色の目というミステリアスな美貌《びぼう》もあいまって、ランを引き抜《ぬ》こうとする人はかなり多い。

あの王妃《おうひ》ですら、噂を聞いてランに接触《せっしょく》しようとしてきたほどだ。

もちろんすぐに断ったけどね。

「私がいた洞窟《どうくつ》はいわゆる魔素《まそ》だまりのような場所になっていたので魔素が濃く、あの村はその影響を受けていました。そうした場所は神々の目に留《と》まりやすいので、そこで生まれた者は加護を受ける確率が高くなります」

「ってことは、アベルはあの村で生まれたから勇者になったの？」

「覚醒《かくせい》するまでは誰が勇者になるか決まっていないので、おそらくはそうではないかと思います」

そうなんだ。

つまり、アベル以外にも勇者候補はいたけど、聖剣がいた洞窟に近くて魔素の多い村に住んでいたから神様の目に留まってアベルが勇者になったってことか。

「聖女も同じ？」

「ええ。そのマリアという娘《むすめ》も、聖女候補の一人なのでしょう。勇者と並び立てば、いずれ覚醒すると思いますよ」

なるほど～。

じゃあ小説ではフィオーナ姫がアベルと一緒にいたから聖女として覚醒したんだ。

いずれ魔王《まおう》が復活するとして。

お兄様もパーティーメンバーとして組《く》み込《こ》まれるのを前提にするならば、聖女にはフィオーナ姫じゃなくてマリアちゃんがなってくれたほうが良い。

だって今のところお兄様はフィオーナ姫とは婚約《こんやく》してないし特別な感情は持ってないみたいだけど、魔王討伐《とうばつ》パーティーで一緒に旅をしていたら好きになっちゃうかもしれないじゃない。

それにフィオーナ姫はアベルを好きになる可能性が高いわけで……。

そんなの許せるわけないよね。

こんなにもカッコよくて素敵《すてき》で優《やさ》しくてミラクルパーフェクトなお兄様が失恋《しつれん》するなんて、世界が許しても私が許しません！

第六章 ラスボスじゃなくて勇者だったかもしれないお兄様

お兄様は説明するランを見て、何事か考えこんでいる様子だった。

さらさらの銀髪《ぎんぱつ》が少しだけ頬《ほお》にかかって、なんとも言えず美しい。

はあ。眼福。

「その言い方だと、まるで聖剣があの村の近くになければ、アベルは勇者に選ばれなかったように聞こえる」

お兄様の言葉に、私のカップに紅茶のお代わりを注いでいるランが頷いた。

「その通りです。今ならばきっとセリオス様が勇者に選ばれるでしょう」

「お兄様が勇者？」

びっくりして思わず声を上げると、お兄様はそれほど表情を変えていなかった。

そんな風に冷静なのはお兄様だけで、エルヴィンも緑色の目をまん丸にしている。

あ、良かった。驚《おどろ》いてるのは私だけじゃなかった。仲間がいた。

「聖剣は、鍛冶《かじ》神へパトスが直接創造した存在だし長生きだからね。あの洞窟で咲《さ》いていた黄金のリコリスが唯一無二《ゆいいつむに》の効果を持つように、そこにいるだけで影響力《えいきょうりょく》を持つんだと思う」

確かに魔力《まりょく》過多の特効薬になる黄金のリコリスはあの洞窟にしか咲いていなかった。

今はローゼンベルク家の温室で咲き誇《ほこ》っているけれど、それも聖剣の分身を温室の中央に突《つ》き刺《さ》しているおかげだ。

花がそれだけ影響を受けるのだから、人間もその影響を大なり小なり受けることになる。

特に子供は体が小さい分、大人よりも多くの影響を受けただろう。

でもあの村の人たちが全員影響を受けているとは考えにくい。

だってみんな、普通《ふつう》の人たちにしか見えなかった。

前世で読んだ小説の中には、主人公が最果ての魔王城に近い村に住んでいて、一見普通に見える村人たちは実は物凄《ものすご》く強くて周りのレベルの高い魔物たちを普通に倒《たお》している、なんていう話があったけど、アベルの住んでいる村の周りにはそれほど強い魔物はいない。

村人たちもどこからどう見ても普通だった。

でも待って。

そういえば、アベルの家は村のはずれにあって、そこには黄金になりかけたような、白に金の縁取《ふちど》りのリコリスの花が咲いていた。

そしてマリアちゃんがアベルと仲良しだったなら、アベルの家にも遊びに行ったことだろう。

子供の二人がその影響を受けて勇者と聖女になるんだとしたら……。

「聖剣って……今は執事になって、うちにいるんですけど……」

思わずランを指さすと、うやうやしく頭を下げた。

すっかり執事だなぁ。

って、感心してる場合じゃない。

聖剣がいると、魔力が増えるってこと？

せっかく魔力過多が治ったのに、また再発する可能性があるとか⁉

「いえ。お嬢様《じょうさま》に関しては契約者《けいやくしゃ》ですので、元々多い魔力がこれ以上増えることはないでしょう。ただセリオス様とエルヴィン様は以前よりかなり魔力がお増えになりましたね」

再発しないんだ。良かったー。

「なんか最近魔法《まほう》が強くなったと思ってたのは気のせいじゃなかったんだな。じゃああれか。聖剣が王宮にあったら、俺《おれ》が勇者になってたかもしれないのか」

だらだら寝転《ねころ》がっていたソファからがばっと起き上がったエルヴィンは、悔《くや》しそうに髪《かみ》の毛をかきむしった。

えー、勇者になったら、魔王と戦わないといけないんだよ？

それに小説ではエルヴィンはアベルをかばって命を落としていた。

エルヴィンは単純だから、なんとなくカッコいいからってだけで勇者に憧《あこが》れていそうだけど、現実はもっと大変なんだよ。

そこまで深く考えてないんだろうなぁ。

まだ魔王も復活してないしね……。

勇者が選定されたってことは必ず魔王が復活するんだけど、いつ復活するかは決まっていない。

記録によると、魔王が復活した後で勇者が現れたこともあるみたい。

ただ勇者の選定と魔王の復活の時期は、離《はな》れていたとしても十年前後だ。

確かに、勇者が現れて五十年後とかに魔王が復活したら、体力的に魔王討伐の旅に出るのも大変になりそう。

勇者を選定する大地の女神《めがみ》レカーテも、そこら辺はちゃんと考えているのかもしれない。

「エル様は勇者になりたかったの？」

「響《ひび》きがかっこいいじゃないか」

そうだろう、という目で見られても返事に困る。

お兄様と同じ年のはずなのに、エルヴィンってまだまだ子供だなぁ。

「エルヴィン様もかなり魔力が増えましたが、やはりセリオス様は別格ですね。なんといってもまだ十一歳《さい》の時ですら、私を圧倒《あっとう》する魔力でしたから……」

そう言ってランはちょっと遠い目をする。

お兄様、ランと会った直後に一体どんな教育的指導をしたんだろう。

「たまたま女神レカーテの目があの村の近くに向いていただけで、おそらく私が王都にいたとすれば、セリオス様が勇者に選ばれていたでしょう」

お兄様が勇者かぁ。

ラスボスだったお兄様も麗しく哀《かな》しくて素敵だったけど、勇者になったお兄様を想像しても、それはそれで凄くかっこいい。

聖剣グランアヴェールを手に、魔王と戦うお兄様……。

ふおおおおぉぉぉぉ。

それって素敵が限界突破《とっぱ》してませんか!?

思わず興奮してしまって、膝《ひざ》の上のモコが起き上がる。

モコの毛が私の魔力を吸ってケバケバだ。

そして私の全身が激しく光る。

ランが慌《あわ》てて私の手を取って魔力を調整しようとするけど――。

ごめんなさい。魔力が増えすぎてリミッターが発動しました。

おやすみなさい……。

◇◇◇◇◇

またまた、おはようございます。

昨日は勇者なお兄様の妄想《もうそう》をして限界突破した結果眠《ねむ》ってしまい、深く反省しております。

もうだいぶ慣れたと思うんだけど、やっぱり最推しの魅力《みりょく》にはかなわなかった。

せっかくお兄様がわざわざ私のために制服を着てくれたのに、もったいなかったなぁ。

もっとお兄様の制服姿を堪能《たんのう》したかった。

もちろん今までもお兄様の制服姿はたっぷり見させて頂きましたよ？

でも制服を着た姿で一緒に鏡に映るとか、お揃いコーデで庭を散歩するとか、二人とも制服を着てないと楽しめないイベントがいっぱいあったのに。

次の機会を待てばいいと思ったんだけど、話を聞いた主治医のロバート先生から、なんとお兄様に制服禁止令が出てしまった。

いきなり眠ってしまうというのは、体がそれ以上の魔力の増大を危険だと判断しているからだ。

完治したとはいえ、まだきちんとした症例《しょうれい》があるわけではない。

もしかしたら後遺症《こういしょう》があるかもしれないのだから、むやみやたらに興奮してはいけないと釘《くぎ》を刺されてしまったのだ。

でもでもでも～。

お兄様が素敵すぎるのがいけないんです。

お兄様の制服姿が原因じゃなくて、勇者なお兄様の妄想をした結果だから、お揃いの制服は許してください……。

「レティシア様」

そう心の中で泣いていると、可愛《かわい》らしい声が私の名前を呼んだ。

「レティシア様」

もう一度名前を呼ばれる。

声のする方を見ると、心配そうなマリアちゃんの顔があった。

あまりの悲しさに周りが見えなくなってたけど、そういえば今は授業中だった。

オロオロしながらこっちを見ているのは、歴史学の先生だ。

分厚い黒縁《くろぶち》眼鏡にもじゃもじゃの髪の毛で、ちょっと猫背《ねこぜ》。まだ若いらしいんだけどその風体《ふうてい》で年齢不詳《ねんれいふしょう》に見える。

うわ、まずい。

ぼーっとしてる間に何か質問されたみたい。

堂々と「聞いてなかったからもう一度質問してください」って言うべきかな。

ちょっと悩んでいたら、隣《となり》の席のマリアちゃんがこそっと教えてくれた。

「自分が興味のある時代を言えばいいです」

なるほど。自己紹介《しょうかい》もかねて、ってことか。

マリアちゃん、助けてくれてありがとう！

私はにっこりと笑って席を立つ。

そして何事もなかったかのように先生の質問に答えた。

社交界とかには出てなかったけど、家ではお兄様に教えてもらってがっつり勉強してたからね！

歴史に関してもばっちりだよ。

興味のある時代ねぇ。

一番詳《くわ》しいのは、訪《おとず》れるはずだった小説の世界の歴史なんだけど、私が生き残った時点でかなり変わっちゃってるから役に立たない。

その次に興味があるのはやっぱり。

「私が一番興味を持っているのは神代です」

そう言うと、先生が驚いたようにまばたきをした。

いやー。実はこの世界ってギリシャ神話系で色んな神様がいて、神界ってとこで人間みたいに暮らしてるんだよね。

一般的《いっぱんてき》には知られてないけど、ランによれば、その神様たちはもちろん実在してる。

今はあんまりこの世界に顕現《けんげん》しなくなっちゃったから現実味がなくて、最近の若者たちの間では神々が実在するのを信じない人が増えてきちゃってる。

魔王の発生すら、迷信《めいしん》だとして信じない者もいるくらいだ。

神代の昔には神様も気軽にこの世界に遊びにきてたらしくて、人間と恋に落ちちゃったなんてこともあった。

惚《ほ》れっぽい神様もいて、人間との間にたくさん子供を作った神様もいる。

神代に英雄譚《えいゆうたん》が多いのは、神様と人間の間に生まれた子供たちが、とんでもない力を持っていたからだ。

そして彼《かれ》らの血を引く子孫たちもまた、神様の恩恵《おんけい》を受けて、魔法が使えるのである。

つまりこの世界の王侯《おうこう》貴族は神様の子孫なのである。

その中で先祖返りのように莫大《ばくだい》な魔力を持って生まれるのが、魔力過多の子供じゃないか、っていうのが、最近のロバート先生の研究だ。

確かにただの人間の体に神様の力は大きすぎて耐《た》えられない。

でも神様の力を宿している聖剣の魔力がたっぷり詰《つ》まった黄金のリコリスを体に取りこめば、莫大な魔力に耐えられる体に作《つく》り替《か》えてくれるのではないか。

魔力過多の特効薬を作るという生涯《しょうがい》の夢を叶《かな》えたロバート先生は、一時期燃《も》え尽《つ》き症候《しょうこう》群《ぐん》みたいになってたらしいけど、今は復活して、なぜそうなったのか、っていう研究をしている。

なんせ神代から生きている聖剣という生き字引のようなお爺《じい》ちゃんがいて、あれやこれやと教えてくれるからね。研究もはかどって生き生きしてる。

……燃え尽きた先生を励《はげ》ましている内に仲良くなって結婚《けっこん》までしちゃった、私の専属侍《じ》女《じょ》ドロシーのおかげでもあると思うけど。

ただあのお爺ちゃん《聖剣》、誰《だれ》かに引き抜いてもらわないと基本が引きこもりだったから、ちょっとズレてるところがあるんだよね。

それに最近は会話できる人も少なくなっちゃってたみたいだし、世間に疎《うと》かった。そこをつけこまれてお兄様に洗脳……あ、いや、調教……でもなくて、教育。そう、教育されたんだけどね。

聖剣ランから聞く神代の神様の話は、人間味があって、でもやっぱり人間とは違う残酷《ざんこく》さもあって、とても興味深い。

ただ一般的に神話と歴史は別物って認識《にんしき》だから、それで先生は驚いたんだろうなぁ。

「レティシアさんは、神代を正規の歴史と考えているのですか？」

ずり落ちそうな眼鏡を直しながら聞く先生に、私は頷《うなず》く。

すると周囲から、クラスメイトたちのくすくすと笑う声が聞こえてきた。

でも腹は立たない。

私だって聖剣ランがいなければ、神話が事実に基づいてるなんて想像もしなかったもん。

「すべてではないけれど、神話のお話は実際にあった出来事ではないかと思います。たとえば勇者が持つ聖剣ですけど」

勇者、という言葉に、隣のマリアちゃんがハッとしたように私を見るのが視界の隅に入った。

勇者アベルはマリアちゃんの幼馴染だもんね。名前が出たら気になっちゃうよね。

「神話を調べると、実際は勇者と聖剣の間に何の関係性もないことが分かります」

一般的に勇者は聖剣の所有者だと思われている。

でも勇者を選定するのは大地の女神レカーテで、聖剣を作ったのは鍛冶神へパトスだ。

二柱の神様が特に仲良しっていうわけでもないけど、勇者に認定されると、たまーに女神の神託《しんたく》があって、そこで「この場所に聖剣があるから使いなさい」って言われるんだって。

鍛冶神へパトスはとにかく強い剣を作るってことだけに興味を持っているから、作った剣が誰の手に渡るかはあんまり興味がないみたい。

だからレカーテが勇者に聖剣を渡しても、聖剣がいいならいいぞ、というスタンスだった。

でも今は聖剣が私を選んじゃってるから、勇者アベルの手に聖剣はない。

剣なんて使えない私が契約者になって鍛冶神が怒《おこ》ってないかなって心配だったんだけど、ランによると、剣以外の使い方をしてるのをおもしろがってるんだって。

確かに聖剣の分身を縫《ぬ》い針《ばり》にするとは思わなかっただろうしね。

それに人形を取って執事《しつじ》にまでなっちゃってるし。

「神話には鍛冶神へパトスの鍛《きた》えた剣、というのは出てきますけど、勇者は出てきません。

つまり、聖剣の方がその存在は古いのです」

私の言葉に先生は首がもげるかと思うほどウンウンと頷いている。

もしかしてこの先生も、私と同じ考えなのかな。

え、そしたら先生凄い。

私は直接ランから説明されてるからこの考えになったけど、先生はそんなのもなくて、残された資料から想像したわけでしょ。

勇者と聖剣はセットって考える人が多い中、その考えに至ったってことは、この先生もかなり神話を研究してる。

ランと会って話したら狂喜乱舞《きょうきらんぶ》しそうだなぁと思いながら、話を続ける。

「もし聖剣が勇者のために作られたものであれば、神話に勇者の話が出てこなければおかしいです。でも、魔王《まおう》も勇者もまったく出てこない」

これもランからの情報だけど、実は魔王が現れたのって、神様たちのせいなんだよね。

仲の良くない神様同士が、ある時、庇護《ひご》してる人間のどっちが強いかで喧嘩《けんか》になって、決着をつけるために人間たちを戦わせたの。

それまで仲良く暮らしていた人間たちは、二つの陣営《じんえい》に分かれて激しく戦った。

大地にはたくさんの血が流れた。

冥府《めいふ》には収容できないくらい亡者《もうじゃ》が増え、その恨《うら》みが瘴気《しょうき》になって地上にあふれてしまった。

瘴気は人や動物や植物を襲《おそ》い、その命を枯《か》らしてしまう。

そこで大地の女神レカーテが夫である冥府の神クトニオスに頼《たの》んで、瘴気を形あるものに変えてもらい、人間が討伐《とうばつ》できるようにした。

でも瘴気が強くてなかなか倒せなくて、それでレカーテが人間に力を与《あた》えて、やっと瘴気を消滅《しょうめつ》させることができた。

これが勇者と魔王の始まりなのである。

そして一度争うことを覚えてしまった人間たちは、いつもどこかで戦いを起こす。

そのせいで冥府には恨みを持つ魂《たましい》が増え、瘴気があふれる。瘴気は靄《もや》から形あるものに進化して、勇者に倒される。

というサイクルを、ぐるぐる繰《く》り返しているのだ。

「だから聖剣と勇者には、本当はなんの関係もないっていうのが有力な説です」

きっぱり断言すると、先生はずり落ちそうな眼鏡を押さえてワタワタと焦《あせ》った。

「いや、しかしそれは、僕《ぼく》もその可能性を考えましたが……。でも、歴代の勇者はみんな聖剣を持っているはずです。だとすると、聖剣は勇者のために鍛冶神が鍛えたと考えたほうが……。だけど、そうか。それだったら神話に勇者のことが書かれているはずだ」

しばらく考えこんだ先生は、ハッと我に返った。

「あ、レティシアさんありがとう。とても参考になったよ。じゃあマリアさんの興味のある時代は？」

私が着席すると、入れ替わりでマリアちゃんが立ち上がった。

「私は名前の由来になった聖女マリアの時代を勉強したいです」

「古王国の時代だね」

聖女マリアっていうのは、初代勇者と一緒《いっしょ》に魔王を倒した女性だ。

魔王を倒した後に勇者と結婚して一緒にこの国を建国した女性なので「マリア」っていう名前はとても人気がある。

そっかー。

初代聖女から名前をもらってるんだ。

……これはもう、マリアちゃんが聖女で正解じゃないかな。

魔王が復活する前後で覚醒しちゃうんじゃない？

◇ ◇ ◇ ◇ ◇

歴史学が終わった後は、お待ちかねのお兄様の授業！

ほくほくしながら授業を受けて、お兄様と一緒に家に帰る。

はぁ。幸せ……。

「そういえば、明日は校外学習があると思うよ」

「校外学習ですか？」

「うん。新入生が早くなじめるように、上級生と組んで学園の裏にある森を探索《たんさく》するんだ」

学園の裏手には、こんもりとした森がある。

そこには学生でも簡単に倒せるような、比較的《ひかくてき》弱い魔物《まもの》が生息していて、授業で行く事も多い場所だ。

新入生たちは先輩《せんぱい》たちの戦いを見て、魔物との戦いがどんなものかを学ぶ。

そういえば『グランアヴェール』でも、アベルが校外学習で森へ行ったっけ。

魔王が発生すると、地上の魔物も力を強くする。

けれどまだそのことを誰も知らなくて。

安全な校外学習だったはずなのに、突然《とつぜん》ケルベロスという魔物が現れた。

ケルベロスは頭が三つある大きな黒い犬の魔物で、騎士《きし》たちが十人かかってやっと倒せるほどの強さを持つ。

いくら教師や上級生が引率《いんそつ》しているといっても、学園に入ったばかりの生徒たちが敵《かな》う相手ではない。

それでもアベルは聖剣を持って立ち向かおうとしたけれど、ケルベロスの威嚇《いかく》に体が麻痺《まひ》して動けなくなってしまった。

ケルベロスはアベルを狙《ねら》い定めて飛び掛《か》かろうとする。

その時！

私の最推《お》しのセリオス・ローゼンベルク様が颯爽《さっそう》と現れて、氷の槍《やり》でケルベロスを串刺《くしざ》しにするのである！

そしてセリオス様の決めゼリフが出る。

「恐怖《きょうふ》に打ち勝て！　お前は勇者だろう！」

ふおおおおおおおおお。

かっこいいいいいいいいいい。

生まれて初めて感じる本能的な恐怖に、動けなくなってしまったアベルを背に庇《かば》いながら叱咤《しった》するお兄様の、カッコいい事と言ったら！

もちろんそんな素晴《すば》らしいシーンにイラストがついていないわけもなく、肩越《かたご》しに振《ふ》り返るセリオス様の尊い姿に、全世界が恋に落ちた瞬間《しゅんかん》だと思う。

もちろん私もその一人だ。

でも現実世界では、まだ魔王が復活してないからか、そのシーンは再現しなかったらしい。

お兄様にそれとなーく聞いたところ、普通に森に行って、襲ってくるツノウサギを倒しておしまいだったんだって。

お兄様の名セリフがなかったのは残念だったけど、私がその場にいて聞けるわけじゃないからそのままスルーしてました。

その校外学習があるのかぁ。

「明日とか、いきなりですよね。普通はそういうのって前もって生徒に説明しておきそうだけど」

「裏手にある森ですぐに行けるからね」

確かに、学校施設《しせつ》の中の見学と言えないこともない。

ただ……魔王ってまだ復活してないのかな。

小説の時みたいに、復活してるけど知らないだけって事になったら、きっとアベルを狙ってくるはず。

ここは有耶無耶《うやむや》にしないで聞いてみよう。

（おーい！　ランー！）

私は心の中でランを呼んだ。

こういう時は聖剣のランは頼《たよ》りになるんだよね。

『どうした、娘』

（あのね、教えてほしいんだけど、魔王ってもう復活してるの？）

『そろそろかとは思うが、まだかの』

（だったら安心かなぁ。でも一応念のためにランに聖剣としてついてきてもらったほうがいいのかな）

『例の、小説の内容か』

ランには私が覚えている限りの小説の内容を話してある。

実は、この世界に転生してから段々前世の記憶《きおく》が薄《うす》れてきちゃってるから、代わりにランに覚えてもらってるんだよね。

契約《けいやく》しているからなのか、ランに記憶してもらったことは、私の記憶からもなくならないのだ。

これって試験の時も便利なんじゃないかと、今から期待している。

（そうそう。アベルが入学した時の出来事で、時期がずれてるから起こらない可能性が高いんだけど、もしも、ってことがあるから）

『確かにもしもの時のために準備はしておいたほうが良いかもしれぬ』

（そなえあれば憂《うれ》いなしって言うしね）

『うむ』

作り置きしてるお守りはいっぱい持っていく予定だし、折り紙君一号も忘れないようにしなくちゃ。

モコはいつも肩《かた》に乗ってるから、頼りにするね！

「キュッ」

モコが任せて、というように、毛をふくらませる。

モコ可愛い！

ランは……うーん。さすがにランを執事として連れて行くわけにはいかないから、聖剣本体の形に……するのも、持って行くのが大変そう。

違う形になってもらうのが一番だけど……。

（ねえ、ラン、ランの本体って私が持ち運べるような……たとえばアクセサリーとかに変身できる？）

『ふむ。お主と契約したからな。一日程度で良ければ、今ならばできると思うぞ』

（えっ、本当）

『契約者であるお主に嘘を言ってどうする』

（確かに）

なんとアクセサリーに変化できるらしい。言ってみるもんだね。

それなら、ええっと、あ、そうだ。指輪なんていいんじゃないかな。

ちょうどお兄様色のアイスブルーの魔石と私色のピンクの魔石を組み合わせた、前世で販売《はんばい》していたコラボ指輪にそっくりな指輪が完成したばっかりなんだけど、左手にコラボ指輪、右手に聖剣の指輪をつければ問題なし。

コラボ指輪は前世の推し指輪の再現だけど、実用的でもあるからね。

指輪が欲《ほ》しいと思ってから苦節十二年。

やっと、やっと指輪が完成したのよー！

アイスブルーのブリリアントカットの魔石と、同じくピンク色の魔石の周りに透明《とうめい》な魔石をダイヤのようにちりばめて、二つの石が寄り添《そ》っているような形だ。

魔石については私が五歳の時から色々と研究をして、空の魔石に文字を彫刻《ちょうこく》すれば、魔力の多い人なら魔石に魔力をこめることができるのが分かった。

だからお兄様もエルヴィンもランも、今では魔石に自分の魔力をこめることができるようになっている。

もちろんコラボ指輪のアイスブルーの魔石は、お兄様に魔力をこめてもらっている。ピンクのほうは私の魔力だ。

宝石ならあるんだけど、意外とピンク色の魔石ってないんだよね。

ピンク色の魔石は、なんと『幸運』の効果を持つレアな魔石なのだ。

だからがんばってピンク色に染まるまで試行錯誤《しこうさくご》した。

そうして出来上がった指輪は、完璧だった。

左手の中指にはめれば、もうずっとそこにあったかのように馴染《なじ》んでいる。

これぞ究極の推し指輪！

アイスブルーのピアスと一緒に身につければ、全身推し色コーディネートの完成だ。

テンション爆上がりだね！

指輪のほうはちょっと豪華《ごうか》すぎるから学園につけていくのは諦《あきら》めてたけど、校外学習の時には魔道具《まどうぐ》であれば持って行っていいから、つけていこーっと。

これで準備はばっちりだね！

そして迎《むか》えた校外学習当日。

登校してから聞かされた生徒たちは、一斉《いっせい》に騒《ざわ》めいた。

私みたいに上に兄弟がいる生徒は知ってたけど、そうじゃなければいきなり校外学習に行くなんて初耳だ。

ただ校外学習と言っても、ちょっと学園の裏の森に探索に行く程度なので、それほど危険はない。

そもそも王都には魔物除《まものよ》けの結界が張ってあるので、魔物が現れることはない。

学園はその結界のはずれにあって、本来は裏手の森も魔物が入れないようになっている。

でもそれだと生徒たちが魔物を倒す練習ができないからって、森全体をさらに別の結界で囲って、その中にわざと弱い魔物を放しているという、いわば人工の狩場《かりば》にしているのだ。

しかも道の上を歩けば魔物に攻撃《こうげき》されることはないという安全仕様。

さすがにね、王族や貴族が通う学園だから、安全対策はバッチリなんだよね。

この学園を創設した人が天才だったらしく、学園には独自のシステムがいっぱいある。

王都全体を結界で覆《おお》う技術を発明したのも初代学園長なんだって。

その功績で、この学園を創設するのを許されたらしいの。

だから私たちが向かう泉までの道も、危険は何もない。

道の外にスライムとかツノウサギがいて、王都で育った貴族は魔物なんて見たことがないから、びっくりして怖《こわ》がって。

それを上級生が魔法でちょいちょいと倒してみせて、新入生たちの尊敬と憧れのまなざしを一身に浴びる。

なんていう、いわば上級生と下級生の親睦《しんぼく》を高めるイベントに過ぎないのだ。

……本来であれば。

でもなぁ。

ここにはアベルがいるんだよねぇ。

小説の主人公であるアベルは、トラブル体質だ。

もちろん本人に問題があるわけじゃないんだけど、信じられないようなトラブルが頻繁《ひんぱん》に訪れる。

小説の時も、アベルが新入生の時だったけど事件が起こったわけだし。

一応、講師であるお兄様は安全確認《かくにん》のために、泉の手前で待機している。たとえ小説のようにケルベロスが襲ってきたとしても、今のお兄様なら瞬殺《しゅんさつ》だろう。

その他の先生方もたくさん道の途中《とちゅう》で見守ってくれている。

だから安心なはずではあるんだけど……。

アベルがいて、無事にすむんだろうか。

しかも。

しかもだよ。

なんと、私とマリアちゃんの引率の上級生は、アベルとフィオーナ姫《ひめ》だったのである。

ええええええ。

なんでぇぇぇぇ？

確かにフィオーナ姫も上級生として引率しなくちゃいけないなら、学年で一番強いアベルと組むのは安全の面から考えても当然だと思う。

でもなんで私とマリアちゃんのとこに来るの？

もっと実力のある新入生が他にもいるんじゃない？

泉までの道に危険はないとはいえ、私たちは戦いに向いてないんですけど⁉

「二人とも、今日はよろしくな」

ニカッと笑うアベルの姿は屈託《くったく》なくて、日に透《す》けて柔《やわ》らかい色を見せる栗色《くりいろ》の髪の毛も、金の混じったような琥珀《こはく》の瞳《ひとみ》も、小説『グランアヴェール』の挿絵《さしえ》で見たそのままの太陽のような姿だ。

「フィオーナです。よろしくお願いしますわね」

おしとやかにお辞儀《じぎ》をするのはフィオーナ姫だ。

私は初めて近くで見るフィオーナ姫の姿にうろたえた。

え、なんか肌《はだ》白い。唇《くちびる》真っ赤。

こんな綺麗《きれい》な人、お兄様以外にも存在してたの？

手入れのされた金色の髪は艶《つや》やかにきらめいていて、光を反射してまるで輝《かがや》いているかのように見える。

一見すると冷たく見えそうな赤い瞳も知的で穏《おだ》やかで、ほんのりアルトな声も、その印象を柔らかく変えている。

もちろん遠目に見たことはあったからその容姿は知ってたけど、こうして近くで見ると、その美しさに圧倒《あっとう》されてしまう。

凛《りん》として立つ姿も美しく、まさに『グランアヴェール』のヒロインにふさわしい。

「ひえっ。お、お姫様《ひめさま》……？」

マリアちゃんが横で大きく息を吸った。

そりゃそうだよね。

辺境の村で育ったマリアちゃんが、いきなり王族のお姫様と対面するんだもん。いくら学園では身分は関係ありませんって言われても、そりゃあ驚《おどろ》くよねぇ。

私も一応公爵《こうしゃく》家だけど、ほら、中身は前世の影響《えいきょう》が強くて庶民《しょみん》だから、マリアちゃんもあんまり萎縮《いしゅく》しなかったんだと思う。

でもフィオーナ姫は、どこからどう見てもお姫様だからなぁ。

っと、こうしてちゃいけない。ご挨拶《あいさつ》しないと。

「レティシア・ローゼンベルクです。よろしくお願いします」

制服のスカートをちょっとだけつまんで軽く頭を下げる。

さすがにこの格好じゃ、本格的なカーテシーなんて無理だもの。

「まあ、あなたがローゼンベルクの秘《ひ》めた薔薇《ばら》なのね。お会いできて嬉《うれ》しいわ」

フィオーナ姫は嬉しそうに顔をほころばせる。

そうすると美人度がさらにがっつり上がった。

なるほど、これがヒロイン力《りょく》……。

でもアベルのことを好きになるんでしょう?

だったら絶対にお兄様は渡《わた》しませんから!

「私もです」

私はにこにこ笑って、それ以上の会話をしなかった。

そして隣で怖気《おじけ》づいているマリアちゃんの背中をそっと押《お》す。

マリアちゃんは、ハッと我に返ったのか、物凄《ものすご》い勢いで頭が膝につきそうなくらい深くお辞儀をした。

「マリアです！　えと、アベルの幼馴染《おさななじみ》です。よろしくお願いします！」

「よろしく」

あれ？

なんかフィオーナ姫、ちょっと素っ気ないような……。

気のせいかな。

「さあ、泉まではすぐだから、さっと行ってさっとかえってこようぜ。魔物なんて襲ってくるはずがないからな」

いやいやいやいやいや、ちょっと待ってアベルさん。

そういうの、フラグって言うんですよ⁉

と、思っていたんだけど……。

「マリア、ここの枝が出っ張ってるから気をつけろよ」

「うん」

アベルがマリアちゃんの髪《かみ》に引っかかりそうな枝を、凄《すご》く凝《こ》った造りの剣《けん》でバッサバッサと切ってサクサクと進んでいく。

聖剣《せいけん》本体は姿を変えて私の指輪になって右の中指にハマってるけど、あの剣も聖剣ほどじゃないけど、切れ味抜群《ばつぐん》だなぁ。

アベルが持っているのは聖剣グランアヴェール……ではなく、ランが鍛冶《かじ》神へパトスに頼んで打ってもらった、その名も「勇者の剣」だ。

さすがに魔王と対峙《たいじ》するのに何か強い剣が必要だろうからね。

そしてその剣をアベルの故郷の例の洞窟《どうくつ》に刺しておいてもらった。

聖剣ほどじゃないけど魔王を倒《たお》せるくらいのスペックはあるし、柄には豪華な宝石がついてるから、本物の聖剣よりもよっぽど聖剣らしい。

勇者であるアベルが所有していることから、世間では「勇者の剣」が聖剣だと言われている。

さすがにお兄様とエルヴィンには本物の聖剣じゃないってことは伝えた。

だって本物は私の執事になっちゃってるのを知ってるんだもん。

「ほら、あれがスライムだ。こっちから手を出さなければ襲ってくることはない。弱い魔物だけど、怪我《けが》をして動けない時なんかは脅威《きょうい》になる。骨まで溶かされるから気をつけろ」

「気をつけるね」

私とフィオーナ姫の前を歩くアベルとマリアちゃんは、気安い幼馴染だからなのか、ずっと二人でくっついて喋《しゃべ》っている。

あの、もしもし。私とフィオーナ姫も一緒にいるんですけど、二人だけの世界に入らないでぇ。

マリアちゃんは悪いと思っているのか、何度も私たちを振り返るんだけど、アベルがずっと話しかけるから、結局二人で前を歩き続けてる。

この道には魔物は寄ってこないし、危険がないからいいんだけどね。

「あの二人は仲がよいのね」

呆《あき》れるわけでもなく、微笑《ほほえ》ましそうにフィオーナ姫が前を歩くアベルとマリアちゃんを見る。

「幼馴染ですからね」

「羨《うらや》ましいわ。私にはいないから」

柔らかいアルトの声が、私を責めるでもなく響《ひび》く。

本来、小説ではお兄様がエルヴィンとフィオーナ姫二人の幼馴染として登場していた。

でも今は二人の関係が微妙《びみょう》なので、お兄様はエルヴィンとしか付き合いがない。

そしてそれは私にも言えることで、フィオーナ姫と比《ひ》較的年齢《かくてきねんれい》も近いし同性ということで、エルヴィンにとってのお兄様がそうであるように、幼馴染兼《おさななじみけん》未来の側近枠《わく》になってもおかしくなかった。

私の場合は魔力《まりょく》過多でいつ死ぬか分からなかったから、王家も強引《ごういん》に引きこもうとはしなかったけど、一応完治している今は、そういった誘《さそ》いがあるかもしれないというのを頭に入れておいたほうがいい。

「ねえ、レティシアさん、もし良ければ私の話し相手になってくださらない？」

赤い目が私を射抜《いぬ》く。

決して強引に迫《せま》られてるわけじゃないのに、なんだか断りにくい空気だ。

ちょっとアベル、呑気《のんき》にマリアちゃんとしゃべってないで私を助けなさいよ。

なんのために同行してるのよ。

「大変光栄ですが、病が完治したとはいえ、後遺症がまったくないわけではありません。申し訳ございませんが、フィオーナ姫の話し相手という大役は務まりそうにありません」

私の返事に、フィオーナ姫は「そう」とだけ答えて、その後は口をつぐんだ。

気まずい空気が私たちの間に流れる。

マリアちゃんが気にする素振《そぶ》りで何度も振り返ったけど、私は大丈夫《だいじょうぶ》と笑ってみせた。

抱《だ》っこしているモコをもふもふして、気分を落ち着かせる。

モコは本当に可愛《かわい》いなぁ。

いつも癒《いや》してくれてありがとうね。

そもそもフィオーナ姫と私は敵同士かもしれないわけだし、もし本当にエルヴィンを蹴《け》落《お》とそうと思っているのなら、ローゼンベルク公爵家の私の存在はとっても邪魔《じゃま》だろうから、ちょっと気まずくなったくらいどうってことはない。

それよりも、なんだかスムーズに校外学習が終わりそうなんだけど。

アベルは主人公体質だから、てっきり何か事件が起こるかと身構えて、いつでも指輪の魔力を発動できるようにしてたんだけど、肩透《かたす》かしだったかなぁ。

アベルとマリアちゃんだけが和《なご》やかに会話をする中、後ろの私たちはずっと黙《だま》っていたんだけど、ようやくゴールが見えた時には心からホッとした。

しかもゴール地点で待っていたのはお兄様だ。

はあ。癒される。

「レティ、お疲《つか》れ様《さま》」

森の道から現れた私の姿を見て顔をほころばせるお兄様にときめいた後、私は思わず力が抜《ぬ》けた。

いやもう、本当に疲《つか》れたよ。

主に気疲れの方向で。

私は改めて、ここまで通ってきた道を振り返る。

木々は青々と茂《しげ》り、風がそよぐたびに聞こえる葉音が耳に心地《ここち》いい。その合間に、小さな鳥たちが競《きそ》うように歌うのが聞こえる。

地面には柔らかな苔《こけ》や草が生い茂り、木々の間からそっと降り注ぐ木漏《こも》れ日《び》の光が、複雑な模様を描《えが》きだしている。

深呼吸をして森の香りを感じると、心が落ち着き、癒《い》やされた。

張り詰めていた神経が、穏やかになっていく。

(無事に済みそうで良かった)

色々な準備が徒労に終わりそうだけど、何事も起こらないのなら、それに越したことはない。

ほっと息を吐《は》いて、再びお兄様に向き直る。

お兄様の後ろにある泉の水は透明で、青く輝いているかのように見えた。

泉の中には小さな石がちりばめられていて、水の流れを優雅《ゆうが》に変化させていた。

風が吹《ふ》くたびに、木々が揺《ゆ》れ動き、泉のそばの草や花々も揺れる。

泉の前にたたずむお兄様の姿とあわせると、まるで一幅《いっぷく》の絵のように完璧《かんぺき》な美しさだった。

「綺麗……」

思わず呟《つぶや》いた私に、お兄様が「そうだね」と頷いて、視線を巡《めぐ》らせる。

さらりとこぼれた銀色の髪が、木漏れ日を浴びてきらきらと輝いていた。

（景色も素晴らしいけど、もっと素晴らしいのはお兄様です。とっても眼福です！）

気分が高揚《こうよう》すると共に、体の中の熱が膨《ふく》らむ。

（魔力が……でも、これは仕方ない）

まるで護衛をするかのように私の隣《となり》にいたモコが、さっと体を寄せてくる。

体の中にたまった熱が、一気に引いて行くのを感じた。

「モコ、ありがとう」

小さな声でお礼を言うと、モコはどういたしましてというように、白いしっぽをフリフリと振った。

「さあ、この水を汲《く》んで終わりだよ」

お兄様に促《うなが》されて、竹筒《たけづつ》のような水筒《すいとう》に泉の水を詰める。

これを持って帰れば、校外学習は終了《しゅうりょう》だ。

「ありがとうございます。セリオス先生」

アベルが礼儀《れいぎ》正《ただ》しくお礼を言ったので、私たちもそれにならう。

お兄様にこっそり手を振ると、ちゃんと振り返してくれた。

えへへ。嬉しい。

なんていうか、色々と身構えていたけど、いくらアベルが小説の主人公だっていっても、魔王が復活してない以上、魔物が襲ってくる心配なんてないんだって分かって、安心した。

お兄様と私の魔力をこめている魔石《ませき》のついたスペシャルな指輪とか、シンプルな銀の指輪に擬態《ぎたい》してもらった聖剣ランとか、何かあった時のためにって用意したものは全部無駄《むだ》になっちゃったけど、この風景の中にたたずむお兄様を見られたんだから、それだけで大満足だ。

フィオーナ姫がお兄様に話しかけることもなく、そのまま帰りの道についた。

「ほら、何もなかっただろ？」

アベルが気さくにマリアちゃんに話しかける。

「このあたりにいる魔物は弱すぎるから、僕やセリオス先輩がいるところには現れないよ」

新入生の時と違《ちが》って、今のアベルは強くなってるだろうしね。

もしケルベロスが現れても、すぐに倒せちゃいそう。

「それに、これがあるしさ」

そう言って、アベルは腰《こし》に佩《は》いた剣を鞘《さや》の上からぽんぽんと叩《たた》いた。

「それが勇者様の持つ聖剣ですのね」

今まであんまり喋らなかったフィオーナ姫が口を開いた。

風になびく髪を手で押さえている。

昔火傷《やけど》を負った傷を隠《かく》すためにずっと白い手袋《てぶくろ》をしているらしいんだけど、それがかえって高貴な印象を与える。

「勇者様以外の人が手にすると、あまりの重さに耐《た》えられないというのは本当ですの？」

「持ってみますか、と言いたいところだけど、男でも取り落としてしまうので姫には無理だと思いますよ」

「そう……。それは残念だわ」

とても残念そうなフィオーナ姫に、小説では聖女としてみんなの怪我を回復してる描写《びょうしゃ》しかなかったけど、結構武闘《ぶとうは》派なのかなと思う。

そういえばアベルは小説の中で「守られるだけの女は嫌《きら》いだ」って言ってたっけ。

戦う聖女様だったフィオーナ姫だから、恋《こい》に落ちたのかな。

えー。でもさー。それはそれとして、親友の婚約者《こんやくしゃ》に横恋慕《よこれんぼ》するなんて、ひどくない？

こうして話してると、感じのいい青年、って感じだけど、恋は人を変えるんだろうか。

ちょっとモヤモヤしながら学校に戻《もど》ると、なんだか校内がざわざわしていた。

どうしたんだろうって思っていると、ひどく慌《あわ》てた様子の先生が私たちのところへ走ってきた。

「急いで校舎の中に入りなさい」

「どうしたんですか？」

アベルの問いに、先生はチラリとアベルの持つ剣に視線を向けた。

「王都に魔物が出て、今討伐中だ。学園には結界が張られているから安心だけれど、念のため校舎の中で安全を確保しなさい」

「王都で魔物？　どんな魔物が出たんですか」

まだ森の中にいる生徒たちに伝えようと走り去ろうとしていた先生は、足を止めて振り返った。

「ケルベロスだ」

ケルベロスが、なんで王都に⁉

出るとしたら、学園の森の中じゃないの⁉

第七章
行け、折り紙君一号

「ケルベロスはどこに現れたんですか」

アベルの後ろから聞くと、先生はなんでそんなことを知りたいのかというように私を見た。

でも特徴《とくちょう》のあるピンクブロンドの髪色《かみいろ》を見て、私がレティシア・ローゼンベルクだということが分かったのか、ていねいに答えてくれた。

「王都の東のはずれだ。ちょうど騎士団《きしだん》の訓練場があるあたりだな」

東のはずれ……。

それなら貴族街とは離《はな》れてるから、我が家《わや》は無事ね。

でも、ちょっと待って。

そういえばエルヴィンが今度騎士団に視察に行くとか言ってなかったっけ。

あれはいつ？

今日……？

そうだ。あれは今日だった。今日がエルヴィンの視察の日だ。

私は何か知っていないだろうかと、思わずフィオーナ姫のほうを向いた。

精巧《せいこう》な人形のように整ったフィオーナ姫の顔には心配とか焦《あせ》りとか、そういった感情は何も浮《う》かんでいない。

例の事件以来エルヴィンは王妃《おうひ》と疎遠《そえん》になってるから、兄妹《きょうだい》とはいえ、あんまり交流してなくてエルヴィンが今日どこにいるのかも知らないんだと思う。

先生はそれ以上の情報を知らなくて、すぐに森のほうへ駆《か》けだしていった。

「学園の中は安全だろうけど、校舎の中で待機していよう」

アベルはいつでも剣を抜けるように柄に手をかけながら、緊張《きんちょう》した様子で私たちをうながした。

私とマリアちゃんとフィオーナ姫は戦いに向いてないから、足手まといにならないように素早《すばや》く校舎を目指す。

そこへ待機していたフィオーナ姫の護衛らしき人たちが走ってきた。

「姫、ご無事ですか」

「ええ。心配いりません」

護衛の人たちは私たちには目もくれず、フィオーナ姫の前に立つ。

「我々が護衛いたしますので、至急王宮へお戻りください」

「でも先生は学園の中の方が安全だとおっしゃっていたわ」

「それはそうなのですが……」

言いよどんだ様子の護衛は、そっとフィオーナ姫の耳に顔を寄せて何ごとかささやく。

フィオーナ姫は「分かりました」と言って、護衛たちと去って行った。

「……何かあったのかな」

その背を厳しい目で見るアベルが、顎《あご》に手を当てた。

どうやらこの世界では、二人の間に特別な感情は存在しないらしい。

むしろ、どっちかっていうと、塩対応じゃないかな。

って、それどころじゃない。

エルヴィンは無事なの⁉

(ラン、魔王《まおう》はまだ復活してないのよね？)

指輪に擬態しているランに尋《たず》ねると、肯定《こうてい》が返ってきた。

小説では魔王が復活した後にケルベロスが現れたから、てっきり勇者がまだ弱いうちに殺そうとしたんだと思ってた。

でも魔王は全然関係ないんだとしたら。

最初からエルヴィンを狙っていたんだとしたら。

「折り紙君一号、エルヴィンの所へ飛んで！」

私は急いでポケットから真っ赤な折り紙君一号を取り出した。

校外学習でケルベロスが襲《おそ》ってきても大丈夫なように、スペシャルバージョンにしてある。

エルヴィンにもお守りをたっぷり渡してるし、騎士団の人たちもいるから大丈夫だとは思うけど、相手はケルベロスだ。

どうか、エルヴィンを守って！

願いをこめて折り紙君一号を飛ばす。

赤い折り鶴《づる》が、青い空に飛んで消えていった、ちょうどその時。

「レティ！」

世界で一番頼りになる人の声に振り向く。

「お兄様！」

銀色の髪を乱し、息を切らせて走ってきたお兄様が、私たちの姿を見て安心したように息を吐いた。

「良かった。無事だね」

「学園には結界が張ってあるので、大丈夫です。それよりもエル様が……」

「聞いたよ、騎士団の訓練場にケルベロスが現れたそうだね。僕《ぼく》もこれから向かおうと思う」

やっぱり……。

お兄様ならそう言うと思ってた。

「お兄様、これを」

私は右手の中指にはめていた銀のシンプルな指輪をはずしてお兄様に渡す。

「これは……」

ただの指輪じゃない。聖剣だ。

(ラン。契約者《けいやくしゃ》たる私が命じます。お兄様の剣となって敵を屠《ほふ》りなさい)

『承知した』

聖剣の低い声が耳を打つ。

ラン、お兄様とエルヴィンをお願いね！

王都にケルベロスが出現したので、当然学園の校外学習は中止になった。

そりゃあね、こんなことになってのんびり校外学習なんてしてられないよね。

お兄様を始めとした教師たちは、ここを守る最低限の人数を残してケルベロスの現れた騎士団の訓練場へと向かう。

さらに勇者アベルもお兄様たちに同行することになったようだ。

そして安全が確保されるまで、最高学年で戦えるものたち以外の学生は学園で待機することになった。

「アベル……」

幼馴染を見送るマリアちゃんはとても心配そうだ。

私は不安そうなマリアちゃんの手を握《にぎ》って安心させる。

他の生徒たちもさすがに不安そうな様子を隠せていない。

ここは安全だけど、みんな家族を心配しているのだ。

「大丈夫ですよ。騎士団の方たちもいらっしゃるし、すぐに討伐《とうばつ》できます」

私に魔法《まほう》が使えたら、ドーンと激しい魔法を使って敵を蹴散《けち》らすのになぁ。

でもまぁ、使えないものは仕方ない。

私にできることはお兄様たちのサポートをすることだけだ。

(ラン、そっちの状況《じょうきょう》はどう?)

マリアちゃんの手を握りながら心の中で尋ねてみる。

するとすぐに返答があった。

『そろそろ訓練場に到着《とうちゃく》する。ケルベロス程度であれば騎士団の者たちでも苦戦はしないであろう』

ランの説明に、私はホッと肩の力を抜く。

(じゃあお兄様が到着する前に討伐が終わっちゃってるかな)

『そうかもしれぬな。だがわざわざ学園まで知らせにきたというのが不自然ではある』

(そうなんだよね。だから念のためランに一緒《いっしょ》に行ってもらってるんだけど)

『今到着した』

(エルヴィンは無事?)

『苦戦はしているようだが、大きな怪我はしておらぬようだ。折り紙君一号が、エルヴィンを守るように攻撃を逸《そ》らしているぞ。小さいナリで、なかなかやるな』

(それなら良かった)

ただ飛ぶだけじゃなくてちょっとは攻撃できるようにしたから、折り紙君一号が役に立ってくれてるみたい。

一応、婚約者だから、大丈夫かな、ってちょぴっと心配したのよ。

(でも苦戦って、ケルベロスに?)

確かに強い魔物《まもの》だけど騎士団で戦ったら楽勝じゃないのかな。

『いや、あれでは騎士団も苦戦したであろうよ』

（どういうこと？）

ランの言い方に不安を覚えて聞き返す。

『あれはケルベロスではない。その上位種となるヘルケルベロスだ』

（ヘルケルベロス？）

初めて聞いた名前だ。

小説『グランアヴェール』にも出てきてない。

舌を噛《か》みそうな長い名前だけど、確かに強そう。

『ケルベロスの三倍の体の大きさで、頭は三つではなく五つになる。尾《お》の蛇《へび》も三体いるので、合計八体の敵と戦うのと同じだな。しかも頭と尾は、同時に切らないとすぐに再生してしまう』

（ケルベロスっていうより、八岐大蛇《ヤマタノオロチ》だね）

『ほう。異界にも同じような魔物がいるのか』

（神話のお話だけどね）

ランに説明しながら、この世界では神々が存在していることを思い出した。

つまり、ランは八岐大蛇を実在している魔物だって認識《にんしき》したみたい。

『どうやって倒すのだ』

（お酒が好きだから、酔《よ》わせて倒すの）

『それはまたずいぶんと間抜《まぬ》けな』

しかも素戔嗚命《スサノオノミコト》の罠《わな》でお酒を勧《すす》められて飲んでるんだから、ずいぶんと人間くさい。

『あのヘルケルベロスにも効くのだろうか』

（どうだろう。ヘルケルベロスがケルベロスと一緒で炎《ほのお》属性なら、お兄様の氷魔法が一番効きそう）

『確かに』

（それよりお兄様は大丈夫？）

『さすが兄君だな。ヘルケルベロスは五つの頭と三つの尾を同時に切り落とした瞬間《しゅんかん》に心臓を攻撃しないと倒せないのだが、兄君は八つ同時に凍《こお》らせて動きを止めておる。ほほう。強いだけではなく礼儀《れいぎ》も心得ておるのか。とどめを我に任せてくれるらしい』

ほっ、良かった。

なんとか討伐できそう。

そう思って安心した次の瞬間。

講堂の窓を突《つ》き破《やぶ》って、三つの頭を持つ魔物が現れた。

静寂《せいじゃく》を切り裂《さ》くような轟音《ごうおん》が講堂を揺さぶる。

窓ガラスは粉々に砕《くだ》け散り、その破片《はへん》が陽光を受けて虹色《にじいろ》に輝きながら床《ゆか》へと舞《ま》い落ちてゆく。

それと同時に、すべての視線が窓へと向けられる。

「ケルベロス！」

恐怖《きょうふ》に満ちた声で誰《だれ》かが叫《さけ》んだ。

そこには、ケルベロスが立っていた。

巨大《きょだい》な体躯《たいく》は窓枠《まどわく》をはるかに超《こ》え、黒い体毛は闇《やみ》そのもののように深く、その目は炎を灯《とも》したように赤く輝いている。

恐《おそ》ろし気《げ》な三つの頭がそれぞれ異なる方向を見ていて、その口からは鋭《するど》い牙《きば》が見える。

牙の間からは、熱気をまき散らす息が漏《も》れていた。

ケルベロスが一歩講堂内へと踏《ふ》み入れると、床がその重みに耐えきれずに軋《きし》む音が響く。

ギシリ、と雷鳴《らいめい》のような不吉《ふきつ》な音が響くたびに、ケルベロスの巨躯《きょく》が動く。

圧倒的《あっとうてき》な存在感に誰しもが息を忘れて立ち尽《つ》くしていた。

ケルベロスは何かを探すように、ゆっくりと三つの頭を巡らせる。

赤い目が、まるですべてを見透《みす》かすかのように冷たく無慈悲《むじひ》に光った。

（ラン、こっちにケルベロスがきた！）

『防御《ぼうぎょ》を！』

（分かってる！）

私はケルベロスに向かって走りながら、ポケットに入れておいたお守りを取り出す。

それには『鉄壁《てっぺき》』と刺繍《ししゅう》してある。

「みんな、私の後ろに来て！」

お守りを盾《たて》のように掲《かか》げながらケルベロスに向かう。

三つの頭が同時に私を見た。

「レティシアさん⁉」

マリアちゃんが後ろで叫ぶ声がするけど振《ふ》り返らない。

三つの口から恐ろしいほどの威嚇《いかく》の唸《うな》り声が響き渡り、その音が講堂全体を震《ふる》わせた。

走り寄る私を敵認定《にんてい》したのか、ケルベロスが低く唸って前脚《まえあし》に力をこめたのが分かった。

（来る！）

飛び上がったケルベロスの影《かげ》が、天井《てんじょう》を覆《おお》いつくす。

空中に浮かび上がった巨躯は、まるで黒い雷雲《らいうん》のように見える。

背後でいくつもの悲鳴が上がった。

その悲鳴に、確かにケルベロスの赤い瞳が愉悦《ゆえつ》に歪《ゆが》む。

(怖《こわ》い……。でも私がやらなきゃ)

この校外学習で、もし万が一ケルベロスが現れても倒せるように準備してきた。

頼《たの》もしいランはいない。

折り紙君一号もいない。

そして何より、最高で最強のお兄様がいない。

だけど私にはお兄様の魔力のこもった魔石をつけた指輪と、モコがいる。

だから……私がこの世界とお兄様を守る！

お守りを持つ手に、衝撃《しょうげき》が走る。

お守りの効果で現れた透明《とうめい》な壁《かべ》に、ケルベロスが激突《げきとつ》したのだ。

「……っ」

私はすかさず二個目のお守りを取り出す。

一個目のお守りは左のポケットにしまった。

壁に弾かれたケルベロスは、一度大きく後ろに後退して、警戒《けいかい》するようにこっちを見ている。

(ラン、ケルベロスの倒し方を教えて)

『一つでも頭が残っていたら復活するぞ。三体の頭を同時に切るのだ』

ヘルケロベロスと一緒ってことだよね。

ここにいる戦力で倒せるかな……。

まさか結界に守られてる学園の中にケルベロスが現れるとは思わないから、お兄様も含《ふく》めて、力の強い先生方はみんな襲撃《しゅうげき》された騎士団の訓練場に行ってしまった。

残っているのは数人の先生と学生だけ。

でも、やるしかない。

(何か弱点はない?)

『弱点か……。必ず効くわけではないが、美しい歌を好むと聞く。足を止めて聞き惚《ほ》れることもあるのだとか』

(歌?)

いやそれ弱点じゃないよねって突っ込《こ》もうとして、思《おも》い留《とど》まった。

歌……。もしかしたら……。

「ケルベロスは三つの頭を同時に攻撃《こうげき》しないと倒せません。なんとか足止めをして、私が左の頭を切るので、残りの二つを先生がたでお願いします」

ケルベロスから目を離さないまま後ろの先生方に頼む。

特製の指輪には私とお兄様の魔力がこめられている。

それを使えば三つの頭の一つくらいなら倒せるだろう。

まだ学校が始まったばかりでどの先生が強いとか分からないけど、魔法学園の先生なんだもん。ケルベロスの頭の残りの二つくらい、楽勝だよね。

そう思ったんだけど。

「ケルベロスの体毛は魔法や剣をはじく。我々が力を合わせても、一体を攻撃するのがやっとだと思う」

先生の一人がそう言うのに、他の先生も同意する。

え、嘘《うそ》でしょ。

だってお兄様なんてほぼ一人でヘルケルベロスを倒してるんだよ。

それより弱いケルベロスなんて、学園の先生なら楽勝じゃないの⁉

ここにお兄様かランがいてくれれば良かったけど、いないのなら仕方がない。

私の攻撃でなんとか二つの首を倒すしかない。

「私が残りの二つを倒します。先生はタイミングを合わせて攻撃してください！」

一つはお兄様の魔法がこめられた指輪で倒して、もう一つは攻撃特化の『風刃』のお守りで首を切る。

二つの首を同時に攻撃だとタイミングが難しいけど……。

でも、やるしかない。

『残った頭の目が赤く光ると、残りの頭が復活する合図だ。その間に倒さねば、頭が復活するぞ』

(分かった。ありがとう、ラン)

三つの首を倒すのが、タイムラグなしでの同時じゃなくても倒せるのは朗報だ。

まずは『制止』のお守りで足止めをしたい。

「モコ、これをケルベロスに貼《は》り付けて」

もし校外学習中にケルベロスが現れた時は、お守りで対抗《たいこう》しようと作戦を練ってきた。

本当はランが気を逸らしてる間に『制止』のお守りをモコに貼ってもらうはずだったけど、多少の作戦変更《へんこう》は仕方ない。

モコ、大変だけどよろしくね!

「きゅっ」

分かったとばかりに、モコが『制止』のお守りを口にくわえる。

私は左手の中指にはめている指輪にそっと触《ふ》れて、お兄様に力を貸してくれるように願う。

そうしたからといって威力《いりょく》が高くなるわけじゃないけど、でも、お兄様が助けてくれるような気がするから。
「歌うよ、モコ」
私は深く息を吸って、歌を歌う。
「光と影の間で、僕たちは揺れ動く
風が物語を運び
月は静かに僕たちの道を照らす
僕らの出会いは一筋の光
照らし出す未来、揺るぎない絆《きずな》
共に歩んだこの道程
君の笑顔《えがお》が僕を導いた
君と一緒ならどんな闇も怖くない
そこで僕らは光を見つけるんだ
明日へと続く、この道を行こう
希望の歌を、共に歌おう」
これは小説『グランアヴェール』がアニメになった時の主題歌だ。

実力派女性シンガーが歌った主題歌は瞬《また》く間《ま》に大ヒットして、私もカラオケの定番にしていた。

今でもつい鼻歌で歌ってしまうくらい大好きな歌なので、もちろん歌いこんでいる。

素晴《すば》らしいメロディーラインに、ケルベロスの足が止まった。

今だ！

モコが結界から走り出て『制止』のお守りをケルベロスに貼る。

「モコ、ありがとう！」

私は片手をあげて号令する。

「攻撃を！」

素早くケルベロスから離れたモコの姿を確認《かくにん》してから、『風刃』のお守りを首に向かって投げる。

それと同時に指輪の魔力を解放した。

「指輪よ、目の前の敵を倒《たお》せ！」

指輪から、慣れ親しんだお兄様の魔力が噴《ふ》き出す。

それは狙《ねら》い違わずケルベロスの首を狙った。

よし、これで！

いける、と思ったのだけど、先生たちが放った魔法の威力が弱い。

ただ一つ残ったケルベロスの目が赤く光って、遠吠《とおぼ》えをしようと顔を天に向ける。

ああ、復活しちゃう。

そう思った時、私の横を赤い光が走った。

「業火の炎」

アルトの柔《やわ》らかい声が後ろから聞こえる。

空気を切り裂き星のように輝《かがや》くその炎は、講堂を一瞬《いっしゅん》で明るく照らし出した。

赤い軌跡《きせき》は一直線にケルベロスへと向かって、最後の首を捉《とら》える。

真っ赤な炎が首に触れると、ケルベロスの頭は瞬く間に燃え上がり、黒い体を真っ白に照らし出す。

最後に残った頭が、口を大きく開けて叫びを上げた。

その叫びは雷鳴のように響《ひび》き渡《わた》り、講堂全体を揺さぶる。

恐怖と絶望に満ちたその声は、断末魔《だんまつま》の叫びとも取れるものだった。

頭を燃やした炎はそのまま容赦《ようしゃ》なく体を焼き尽くし、ケルベロスの力強さを一瞬にして奪《うば》った。

叫びが絶え、ケルベロスの姿は炎に完全に飲《の》み込まれた。

カランと、ケルベロスの残した魔石が音を立てて転がる。

講堂にはただ熾火《おきび》のような小さな炎が残され、ケルベロスがいた証として講堂全体を照らし続けた。

「やった……」

でも、誰が炎の魔法を放ってくれたんだろう。

そう思って振り向いた先には、脱《ぬ》いだ手袋をはめ直しているフィオーナ姫《ひめ》がいた。

今の攻撃はフィオーナ姫？

王宮に戻ったんだと思ってたけど、助かった。

え、でもこんなに強い魔法を使えるの？

聖女って回復魔法に特化してるはずじゃないの？

もちろん二属性使える人はいるけど、あくまでも補助的なものだ。

複数の属性の強力な魔法を使いこなせるのなんて、それこそ勇者かお兄様くらいだ。

一体、どういうこと？

第八章 そしてこれからもお兄様をラスボスになんてさせません！

小説では確かにフィオーナ姫が回復魔法《まほう》を使っていた。

この世界で怪我《けが》や病気を治すのは、回復術師の役割だ。

報酬《ほうしゅう》がいいことから、他に適性があっても、回復魔法の適性がある者は回復術師になるのがほとんどだ。

でも回復術師は魔物に傷つけられて瘴気《しょうき》を受けた傷を治すことはできない。

それができるのは修行《しゅぎょう》を積んだ神官だけだ。

そして『聖女』は……『聖女』だけが、怪我も病気も瘴気も癒《いや》すことができる。

だからこそ『聖女』は特別な存在なのだ。

フィオーナ姫は『聖女』なのだから、回復魔法の適性に特化しているはずだ。

そのはず、なのに……。

魔法の適性は一つだけという人が多いけど、複数の適性を持つ人がいないわけじゃない。

たとえば完璧で最高なお兄様は、氷魔法の他に風魔法も使うことができる。

とはいえ、氷魔法のほうがはるかに威力が高いのは確かだ。

フィオーナ姫もあれほどの回復魔法を使うのであれば、他の魔法の適性は低くなければおかしい。

あんなに凄《すご》い火魔法を使えるはずがないんだけど……。

それとも勇者の影響《えいきょう》を受けて聖女になると、どっちの適性も大きくなるのかな。

あー、確かに勇者って全属性の魔法に適性があるんじゃなかったっけ。

だとすれば、聖女として覚醒《かくせい》すると、今までの適性にプラスして回復魔法の適性が跳《は》ね上がるなんていうことも考えられるかもしれない。

フィオーナ姫があんなに凄い火魔法を使ったことに驚《おどろ》いている間に、フィオーナ姫の護衛が残された魔石を拾い上げた。

その魔石は、激しい炎にさらされたからなのか黒くすすけている。

「やったのか」

「凄い！」

消えたケルベロスの姿に歓声《かんせい》がわく。

「フィオーナ姫、ありがとうございます！」

「フィオーナ姫！」

「フィオーナ姫！」

ええええ。

ちょっと待って。

私もケルベロス倒すのに攻撃したんだけど。

っていうか、足止めしたのも頭を二つ倒したのも、私なんですけども……。

確かに入学したばっかりで私の名前を知らない人が多いのかもしれないけど、それにしたってフィオーナ姫だけ賞賛するのは違うんじゃないのかなぁ。

「レティシアさん、怪我はない？」

マリアちゃんが心配して駆け寄ってくれる。

ああ、マリアちゃーん。

あなただけが私の味方だよぉぉぉ。

「レティシア、というと、もしやローゼンベルクの幻《まぼろし》の妖精姫《ようせいひめ》？」

「そういえば、今年入学だと聞いていたわ」

「彼女《かのじょ》がそうなのか……」

ふっふーん。

今頃《いまごろ》気がついた？

そうです。別に幻でも妖精姫でもないけど、私がレティシア・ローゼンベルクです。

「まあああ。レティシア様、助けてくださってありがとうございます。さすがローゼンベルクのお血筋ですわね」

マリアちゃんを押《お》しのけるようにクラスメイトの、えーっと、なんていう名前だっけ。

確か伯爵《はくしゃく》、子爵《ししゃく》、男爵《だんしゃく》の、段々爵位《しゃくい》の人たち。

「フィオーナ姫との連携《れんけい》も素晴らしかったですわね。日ごろから練習なさっているのかしら」

「ええ、ミュラー様のおっしゃる通りですわ。もちろん一番威力のある魔法を放ったのはフィオーナ姫ですけれど、レティシア様の魔法も素晴らしかったですわ」

ミュラー……、えーと、そうだ。

ドリス・ミュラーとイヴリン・シュミットとローラ・ハモンドの三人組だ。

入学初日にお兄様狙いで声をかけてきたのを無視したんだっけ。

なんで今さら……。

いぶかしんでいると、ドリス・ミュラーたちはフィオーナ姫をチラチラ見ている。

ああ、なるほど。

学年の違《ちが》うフィオーナ姫に近づくのは難しいから、姫の兄であるエルヴィンの婚約者の私を通じて仲良くなろうとしてるのか。

なんていうか、分かりやすいなぁ。

さっきまで一緒に組んで森を探索《たんさく》してたけど、残念ながら、私はフィオーナ姫とそんなに親しくないんだよね。

小説ではお兄様を裏切ってアベルとくっついたから、親しくなる気もない。

私はチラリと横目でフィオーナ姫を見る。

（確かに、綺麗《きれい》ではある、かな）

もちろんこの世で一番麗《うるわ》しいのはお兄様なんだけど、フィオーナ姫も負けていない。

その美しさには、まるで太陽が昇《のぼ》る瞬間のような、すべてを照らし出すような輝きがある。

金色の髪《かみ》は純金を紡《つむ》いだかのようにきらめき、軽《かろ》やかに揺《ゆ》れている。

赤い瞳《ひとみ》は極上《ごくじょう》のピジョンブラッドのように、濃《こ》く深い。

一目見たら視線を奪われる――それほどの美貌《びぼう》だった。

じっと見つめていると、不意に視線が合った。

フィオーナ姫がゆっくりと唇《くちびる》の端《はし》を上げる。可憐《かれん》なのに妖艶《ようえん》で目が離せない。

魔性《ましょう》の美。

そんな言葉が脳裏《のうり》に浮かぶ。

でも一瞬でその印象が霧散《むさん》する。

私に向かって一歩踏み出したフィオーナ姫は、さっきの姿が嘘のように清廉《せいれん》で慈愛《じあい》に満ちた微笑《ほほえ》みを浮かべた。

その姿は聖女にふさわしくて、まさに小説のイメージそのもの。

あ、あれ……？

さっきの魔性っぽく見えたのは、私の見間違《みまちが》いだったのかな……。

人々が避《さ》けて道を作る中、フィオーナ姫が真《ま》っ直《す》ぐ私に向かってくる。

え、どうするの、これ。

とりあえずお礼を言っておけばいいのかな。

「ご助力ありがとうございました」

臣下の礼を取りながら言うと、小さく笑う気配がした。

「いいえ。こちらのほうこそお礼を言わなければなりません。レティシア様のおかげで助かりました。どうぞ顔を上げてください」

そう言われて視線を上げると、案外上の方に赤い瞳があった。

森の中でも思ったけど、女性にしては本当に背が高い。

私が小さいだけっていう話もあるけど。

「それにしても素晴らしい魔法でしたわ」

胸の前で手を組むフィオーナ姫はたおやかに微笑んでいる。

「魔法ではなく、お守りの力なんです」

「お守り？」

「はい」

私はポケットから新しいお守りを取り出して見せる。

そこには日本語で『交通安全』と書かれている。

魔力《まりょく》はあっても魔法を使うことができない私は、授業で魔法ではなくお守りの力を披露《ひろう》して点数を稼《かせ》ぐしかない。

ただ私の安全のために、お父様とお兄様が尽力《じんりょく》して詳《くわ》しい効力は公表しないという取り決めを学園側としている。

正直、学園に通わなくても家で勉強はしてたし、学園を卒業しなかったら王太子妃《ひ》になる資格がなくなるって言われても「ふーん」で終わるしで、最終的に学園側が私の力を内《ない》緒《しょ》にしたまま通っていいって許可が出た。

そうは言っても、先生や——目の前にいるフィオーナ姫に見せて欲《ほ》しいと言われたら、見せないわけにはいかない。

その時にもしかしたらお守りを見せなくちゃいけなくなるかもしれないから、渡しても良さそうなお守りを用意していたのだ。

『交通安全』のお守りなら、敵かもしれない人に渡しても大丈夫《だいじょうぶ》だしね。

魔石《ませき》に関してはまだ内緒だ。

あれは私の切り札だから。

さっきの戦いでも、ただ単に隠《かく》し持った魔道具《まどうぐ》の力を使ったと思われているだろう。

「今持ってるのはそれくらいです。精霊《せいれい》の糸を使って刺繍しているので、特別な効果があるんです」

精霊の糸っていうかモコの抜《ぬ》け毛だけど。

でも実際に糸にして使ってるし、凄い効果があるんだから、精霊の糸って気取って言っても問題ないよね？

「これにはどんな効果があるのですか？」

「安全、ですね」

その前に『交通』ってつくけど。

フィオーナ姫は物珍《ものめずら》しそうにお守りを見ている。

「ひとつ、差し上げましょうか」

「まあ、よろしいのですか?」

「ええ。はいどうぞ」

「ありがとう。嬉《うれ》しいわ」

お守りを受け取って、はにかむように喜ぶフィオーナ姫は、正直とても可愛《かわい》い。

さすが『グランアヴェール』のヒロインだけのことはあるわ。

うっ、眩《まぶ》しい。

「マリア!」

そこへマリアちゃんの名前を呼んで誰か……アベルだ、アベルがきた。

ヘルケルベロスとの戦いが終わってすぐに来たんだろうか。ずいぶん早いな。

多分だけど、一緒に来てないってことは、お兄様に後始末を任せちゃってるんじゃないのかな。

「マリア、無事か」

「ええ。レティシアさんとフィオーナ姫が倒してくださったの」

「良かった」

アベルはフィオーナ姫のことは眼中にない様子で、マリアちゃんをぎゅうぎゅう抱《だ》きしめている。

これって、絶対にただの幼馴染《おさななじみ》じゃないよね。

てっきりアベルはフィオーナ姫に恋《こい》をするって思いこんでたけど、もしかしたらそうならない可能性もあるのかな。

というか、この時点でこんなにマリアちゃんを大事に思っているのなら、小説のアベルもそうだった可能性が高いんじゃない？

そうすると、どうしてアベルがフィオーナ姫をお兄様から奪ったっていう話になっていたんだろう。

もしかして何か事情があったとか……？

「レティ！」

アベルにちょっと遅《おく》れてお兄様がやってきた。

「お兄様！」

お兄様も無事で良かった！

お兄様も後始末を無視してきた可能性が高そう。

でもよく考えたら騎士団《きしだん》の人たちがいるんだから、きっと後始末はそっちでつけてるよね。

「みんな無事か」

って、エルヴィンもいるし。

ちょっと待って。エルヴィンは騎士団のほうで後始末してるんじゃないの？

なんでここにいるの⁉

「お兄様、騎士団のほうはよろしいのですか」

「フィオーナ」

私の疑問をフィオーナ姫が代わりに聞いてくれた。

「騎士団は団長に任せてきた。それよりも学園での被害《ひがい》を把握《はあく》しろという命令だ」

硬質《こうしつ》なエルヴィンの声は、二人の仲がそれほど良好じゃないのを表している。

やっぱり……。

「そうなのですね。ご無事で何よりですわ」

「お前も無事で良かった」

ひいいいい。

二人の間にブリザードが見えるよ。

おかしいなぁ。小説ではもっと仲良しの兄妹《きょうだい》だったのに。

「レティ、怪我はないかい？　無理はしなかった？」

「お兄様の魔力をこめたこれで倒せました！」

私は指輪をお兄様に見せる。

お兄様の魔力をこめた指輪の魔石は、ケルベロスの首を粉砕《ふんさい》してくれた。これがなければ同時に三つの首を落とすことはできなかっただろう。

「もう一つは風刃のお守りで、もう一つはフィオーナ姫が倒してくれました」

小さな声でお兄様に説明をする。

「ケルベロスは首を同時に落とさないといけないからね。よく知っていたね」

「ランが教えてくれました」

そう言うと、お兄様はなるほど、という顔になった。

そして預けた聖剣《せいけん》指輪をするりと外す。

「役に立ちました？」

「使い勝手のいい剣《けん》だったよ」

なるほど。お兄様は聖剣の形にして使ったらしい。

聖剣だってバレなかったかな。

ほら、世間では聖剣は勇者が持つものって思われちゃってるから、お兄様が持っていたのが聖剣だってバレると、お兄様が勇者として祀《まつ》り上げられちゃう可能性があるじゃない。

そうするとアベルとお兄様のどっちが勇者だってことになって、対立の芽になってしまうかもしれない。

それはやっぱり避けたいんだよね。

「聖剣だってバレませんでした？」

「見かけは素朴《そぼく》な剣だから大丈夫」

お兄様によると、むしろ装飾《そうしょく》がなさすぎて、こんな普通《ふつう》の剣であんな剣技を見せるなんて凄いと評価が高かったのだとか。

お兄様の評判が高くなったのなら、何も問題はないかな。

『我の素晴らしさが分からないなど、騎士団の目は節穴ではないのか？』

なんだかランが憤慨《ふんがい》してるけど、お兄様が目立たないことのほうが大事だから、何の問題もありません。

『お主はちょっと我の扱《あつか》いが軽すぎる』

（いや、だって聖剣だし……。お兄様とは比べ物にならないよ）

「じゃあこれは返しておくね」

私はお兄様から指輪型聖剣を受け取った。

フィオーナ姫と話してたエルヴィンも、私のところにきた。

見た感じ、怪我はしてないみたい。

「レティもありがとな。これ助かった」

そう言ってエルヴィンはポケットからしわくちゃになった折り紙君一号を取り出した。

そのヨロヨロ具合に、折り紙君の奮闘《ふんとう》の跡《あと》が見える。

ケルベロスよりも強いヘルケルベロスと戦ったんだもんね。エルヴィンが怪我をしていないのは奇跡《きせき》なのかもしれない。

というよりお兄様がいなかったら、きっと倒されていた。

ちょっぴりだけ、何でも切れる聖剣のおかげもあるかもしれないけど。

『やっと我のありがたみが分かったのだな。少々遅《おそ》すぎるような気もするが我は寛大《かんだい》ゆえ気にせぬぞ。もちろんそなたの兄に頼まれた執事《しつじ》の職はまっとうするが、やはり聖剣たるもの世界の危機に際して――』

(ごめん。今忙《いそが》しいから、また後でね)

私はシャッターを下ろすイメージで、長くなりそうなランとの会話を終了《しゅうりょう》させる。

見かけはイケメン執事になったけど、中身はやっぱりお爺《じい》ちゃんなのか、語り出すと長いんだよねぇ。

ごめんね、ラン。また後でゆっくり話を聞くから。

「役に立ったみたいで良かったです」

「それで、悪いけど、ちょっと話を聞かせてくれるか？」

「万が一倒れても大丈夫なように、お兄様も一緒《いっしょ》ならいいですよ」

「ああ。そうか。魔力過多が治ったっていっても、死ぬ危険がなくなっただけで例の現象があるのか」

そうなんだよねー。

最初はピカピカ光る仕様です。

「お兄様、一緒に行ってもらえますか？」

「もちろん」

私はお兄様と腕《うで》を組んで、学園の用意した応接室へ向かった。

そこには既《すで》に入学式で見た学園長ともう一人、知らない先生がいて、エルヴィンの姿を見るとすぐに立ち上がって頭を下げる。

あれ？　フィオーナ姫も当事者だけど、ここにいなくていいのかな。

私がキョロキョロしていると、お兄様がこっそり教えてくれた。

「フィオーナ姫は魔力の枯渇《こかつ》で貧血《ひんけつ》を起こして来れないらしいよ」

エルヴィンと対峙《たいじ》してた時はあんなに元気そうだったのに？

確かにあれだけ大きな魔法《まほう》を使ったから、魔力が枯渇するのは分からないでもないけど、ただ単にここに来たくなかっただけじゃないのかな。

考えすぎかな。

「この度《たび》は学園の不手際《ふてぎわ》で生徒たちを危険にさらし申し訳ありません」

校長の謝罪に、エルヴィンは軽く手を挙げて制する。

「けが人は出なかったんだ。責任の所在よりも原因究明が先だ」

おお。

なんかいつもより顔がきりっとしてる。

こうして見ると、本当に王子様なんだよね。

ただなぁ。やっぱりお兄様と見比べちゃうとなぁ。

私は横目で隣《となり》に座《すわ》るお兄様を見る。

はあぁ。やっぱり素敵《すてき》。

月明かりの下で一層輝きを増す、一本一本が繊細《せんさい》な氷細工のような銀色の髪。

氷河のように美しく厳しいアイスブルーの瞳。

冬の夜空のような美貌は、普通の人には手が届かない遠い存在にも見える。

でも私に向ける瞳は冬の厳しさじゃなくて、暗い夜を照らす月のように優《やさ》しく温かい。

こんなに素敵な人が私のお兄様だなんて、本当にこの世界に転生できて良かった。

って、危ない危ない。

うっとりしすぎて光りそうになる私から、膝《ひざ》の上で抱っこしているモコが魔力を吸ってくれた。

ありがとうね、モコ。

お礼の気持ちをこめて、その白い毛並みをなでなでしておく。

校長先生と隣の先生の目がモコに集まる。

元毛玉のモコが精霊だって申告《しんこく》してるから、その生態を調べたくて仕方がないんだろうなぁ。

でもダメです。

モコは私の大事な大事な相棒です。

研究のために渡したりなんか絶対にしません。

「結界に異常はありませんでしたか？」

声まで素敵なお兄様が聞くと、校長は額の汗《あせ》をぬぐいながら答えた。

「結界が壊《こわ》されておりました」

校長の言葉に、部屋の中に重い沈黙《ちんもく》が満ちる。

貴族は魔力を持って生まれる。勇者アベルのように、ごく稀《まれ》に平民にも魔力が発現することもあるけど、貴族と平民の違いは魔力の有無《うむ》だ。

そしてその魔力の使い方を学ぶためにこの学園はある。

王侯《おうこう》貴族が通うからこそ、この学園の安全は完璧《かんぺき》でなければならなかった。

でも、その安全神話が崩《くず》れた。

しかもそれを隠蔽《いんぺい》しようとしても、フィオーナ姫がケルベロスの襲撃を知っている。

校長にしてみれば、学園存亡の危機である。

「変だね」

「ああ。おかしい」

お兄様とエルヴィンが揃《そろ》って首を傾《かし》げる。

んん？　どういうこと？

よく分かっていない私に気がついたお兄様が説明してくれる。

「学園の結界は王宮の結界と同じくらい頑丈《がんじょう》なんだ。外から壊すのであれば王宮魔導師《まどうし》が十人以上は必要になる」

「十人以上……」

それだとおかしい。

魔王《まおう》はまだ復活していなくて、それほどの魔力を持つ知性のある魔物《まもの》は存在しないはずだ。

他国の攻撃《こうげき》もあり得ない。

工作員程度が結界を壊せるとは思えないし、王宮魔術師《まじゅつし》クラスが十人も入国して誰《だれ》も気がつかないなんてことあるはずがない。

ちょっと待って。

お兄様は「外から壊すのであれば」って言っていた。

ということは、つまり。

「内側から破壊《はかい》されていた……？」

学園の中に犯人がいる？

「そう考えるのが正解だと思う」

「くっそ。誰だよこんなことしたのは」

エルヴィンが行儀《ぎょうぎ》悪くテーブルの脚《あし》を蹴《け》る。

お行儀悪いなぁ。お兄様と比べたら、どっちが王子様か分からないじゃない。

「は……それは、現在、調査中でして」

校長の言葉に、エルヴィンは舌打ちをする。

「結界の魔道具は校長室に置いてあるのですよね。とすれば、中に入れる人間は限られてくると思うのですが。結界の管理を担当されているブラウン先生は、不審《ふしん》な人物に心当たりはありませんか」

なるほど。

校長の横に座っている人は誰だろうと思ってたけど、結界の担当者だったのね。

この世界には防犯カメラとかないから、犯人を捕《つか》まえるのは大変そう。

結界の担当者はちょっと神経質そうな顔をしていた。

後でお兄様に聞いたら「呪《のろ》い」専門の先生なんだって。

結界のある部屋には侵入者《しんにゅうしゃ》がいても呪いにかかるように、いくつかの罠《わな》が仕掛《しか》けてあるらしい。

その罠の管理をしているのがブラウン先生だ。

「それが特にないのです。罠も発動しておりませんでした」

つまり怪《あや》しい人物は結界の魔道具には近づいていないってこと？

だとすれば魔術師が十人いた？

「そこで結界が壊れた場所を見に行きましたら、歪《ゆが》みを発見しました」

「歪み……」

それは新たに魔物が発生する時に起きる現象だ。

じゃあたまたま結界のある場所で魔物が発生した？

そんなこともあるのかな。

だったら最初からそう言えばいいのに。

それに、騎士団の訓練場に現れたヘルケルベロスはどうなるんだろう。

偶然《ぐうぜん》そこにも歪みが起こったなんてことがあるんだろうか。

「お兄様、騎士団に現れた魔物は、どうして現れたんですか？」

「そちらは召喚《しょうかん》ミスだった。訓練用に弱い魔物を召喚して倒すことがあるんだけど、新人が召喚魔法《しょうかんまほう》を間違《まちが》えて、強い魔物を呼んでしまったらしい」

うはぁ。

それって偶然に偶然が重なったってことか。

誰かの陰謀《いんぼう》ってわけじゃなくて良かった。

ここにフィオーナ姫がいないから、もしかして今回の事件の黒幕かと思っちゃった。

王妃《おうひ》はエルヴィンを排除《はいじょ》しようとしてるかもしれないけど、フィオーナ姫は関与《かんよ》してなくてホッとする。

よく考えたらエルヴィンを排除するのにケルベロスをけしかけるにしても、エルヴィンのいる騎士団の訓練場だけで良かったわけだから、自分も危険にさらす必要はないもんね。

そっか。

小説『グランアヴェール』のヒロインは、ちゃんとヒロインしてたんだ。

小説のフィオーナ姫の、お兄様を裏切るというイメージが強烈《きょうれつ》でどうしても警戒《けいかい》しちゃうんだけど、あまり小説の出来事にとらわれないようにしないと、今回みたいな突発的《とっぱってき》なことがあった時に正常な判断ができなくなる。

フィオーナ姫が敵か味方か。

それはこれから判断していけばいい。

それからの話し合いは、もっぱら再発防止についての話だった。

途中《とちゅう》でどうやってケルベロスを倒したか、って話をしたけど、そこは後で一緒に攻撃した先生たちからも詳しく聞いて報告書を作るって話になった。

呪い学のブラウン先生が私の作るお守りに凄く興味を持っちゃって、お兄様が助けてくれなかったらそのまま研究室に連れていかれそうな勢いだった。

ちょっとマッドサイエンティストっぽくて怖《こわ》い。お兄様がいてくれて良かった。

とにもかくにも、小説と同じように学園にケルベロスの襲来《しゅうらい》があったけど、現実ではちょっと変わってた。

まず時期が違うし、それによるアベルのさらなる成長はなかった。

ただ学園に入学したばかりの頃《ころ》と今とでは当然強さが違っているから、小説でケルベロスを倒《たお》した時よりも強くなってると思う。

だとしたら、アベルを成長させるためのイベントとしてのケルベロス襲来は必要なかったってことになる。

何が言いたいかって言うと、ここは小説『グランアヴェール』の世界だから、なんらかの修正力が働いて結果的には小説と同じ結末になるんじゃないかって不安だったのね。

でも実際には、小説と同じようなことが起こっても、その結果が小説と同じにはならない。

つまり、小説で起きたような事件はこれからも起きるかもしれないけど、それによってお兄様がラスボスになるとは限らないってことが証明されたのだ。

ふおおおおおお！

これって大発見では？

お兄様が闇《やみ》落ちするのは、私が死んじゃったのとフィオーナ姫に裏切られたこと、エルヴィンが死ぬことの三つが原因じゃない？

その三つをこれからも阻止《そし》すれば、お兄様はラスボスにはならない！

フィオーナ姫との婚約《こんやく》は阻止したし、私が死ななければ、お兄様はずっと優しい私のお兄様でいてくれるということで……。

エルヴィンもついでに死なないようにすれば。

ああ。目の前に最推《お》しとの薔薇色《ばらいろ》の日々が見える……。

学園ではお兄様の分かりやすい授業を受け、帰宅すればお兄様と一緒に食事をしたりお茶をしたり庭の散策をしたりと、お兄様三昧《ざんまい》の毎日。

最高ですね！

そんな風にお兄様との幸せな日々を夢想している間に、話が終わったらしい。

横にいるお兄様の美声で名前を呼ばれて、ハッと我に返った。

「レティ、レティ」

またかよ、って目をしているエルヴィンの呆《あき》れた視線から、そっと顔をそむける。

だって仕方ないじゃない。

お兄様は、私の前世からの最推しなんだもの。

お兄様たちと一緒に学園から出ると、ケルベロスの襲撃《しゅうげき》の後始末に右往左往している先生方の姿が見えた。

結局、ケルベロスがどうして現れたのかとか、結界はどうなったのかっていう謎《なぞ》は解けていない。

でも、お兄様が生きて、笑って、私の隣にいてくれる。

もう、それだけでいいや。

ふと空を見上げると、目の前には青い青い空が広がっている。

白い雲が優雅《ゆうが》に舞《ま》っていて、太陽は全てを照らし出すように輝《かがや》き、希望そのもののように見える。

吸いこまれそうなほどの空の青さが、心の中に溜《た》まった全ての重荷を吹《ふ》き飛ばしてくれるかのように思える。

ああ、終わったんだ。

お兄様をラスボスにしないために、今までずっとがんばってきた。

モコと聖剣と、ロバート先生とドロシーと。

そして他でもないお兄様のおかげで私は死なずにすんだ。

それは、お兄様のラスボス化を阻止する結果につながった。

まだまだ安心はできないけど、でも絶対に小説で書かれた結果になるわけじゃないって分かって、心が軽くなった。

空を見上げて、大きく息を吸う。

清々《すがすが》しい空気が、新鮮《しんせん》な香りを運んでくる。

これは、新たな始まりの香りだ。

これから何があっても大丈夫。

魔王が復活しても、お兄様はラスボスにはならない。私がさせない。

そして皆《みんな》で力を合わせて、これから復活するであろう魔王を倒すのだ。

絶対に。

きっと。

「お兄様！」

私の呼びかけに振《ふ》り返るお兄様のアイスブルーの瞳が、柔《やわ》らかく溶《と》ける。

「ずっとずっと、大好きです！」

「僕《ぼく》もだよ、レティ」

「ちぇーっ、お前ら仲が良すぎだろ」

ふてくされるエルヴィンを横目に、私は笑いながらお兄様の差し出した腕につかまる。

「だって兄妹ですもん」

「そうかよ」

羨《うらや》ましそうなエルヴィンが可哀想《かわいそう》だから、仕方がない、仲間に入れてあげよう。

エルヴィンは妹と距離《きより》があるからね。

エルヴィンに大切な人ができるまでは、私が仮の婚約者兼《こんやくしやけん》、仮の妹になってあげる。

「ほら、エル様はこっち」

エルヴィンの腕を取って、私を中央に三人で並ぶ。

「こうしてると三人兄妹に見えると思わない？」

「お前なぁ……」

なぜか肩《かた》を落としたエルヴィンに、お兄様が勝ち誇《ほこ》ったような顔をしている。

そんな顔のお兄様も素敵！

青空の下、私は二人の腕につかまって、いつまでもいつまでも笑っていた。

番外編　人をダメにする感じのクッション（レティシア一歳）

一歳まで寝《ね》たきりだった私は、とにかく体が弱い。

モコが来てくれたおかげで魔力過多の発作《ほっさ》を起こすことが少なくなってきたから以前よりはマシだけど、それでもやっぱりずっと座っているだけでもすぐに疲《つか》れてしまう。

でも私の最愛で最高の推し、セリオスお兄様が絵本を読んでくれるとあれば、なんとか気力で座り続けたい。

そこで！

背もたれにできるクッションがあればいいんじゃないかと思いつきました。

クッションといえば、前世で憧《あこが》れた、人をダメにする感じのクッション。

病室にあんなに大きいクッションは持ちこめないから断念したけど、口コミで絶賛されていたから一度座《すわ》ってみたかった。

猫《ねこ》や犬や、馬までとりこにした、あの魅惑《みわく》のクッション……は、無理だろうけど、それに近いものはできないだろうか。

中身の小さなビーズの代わりになるものって、何かないかな。

私はまず、お兄様に尋《たず》ねてみた。

「ぎゅっとして、ぐにゃっとして、モコっとしてるクッションが欲しいの？」

「あい！」

両手を握《にぎ》って元気に返事をすると、お兄様は「う～ん」と考えこんでしまった。

あの天才の名をほしいままにするお兄様すら悩《なや》ませる『人をダメにする感じのクッション』恐《おそ》るべし。

そして考えこんでいるレアなお兄様、素敵です！

「ぐにゃっとしてる素材だったらスライムだけど、ぎゅっ、と、モコっ、は難しいかな」

はううう。

お兄様の「ぎゅっ」とか「モコっ」って、なんだかあどけなくて可愛い。

まだ少年だから、カッコよさと可愛らしさが絶妙《ぜつみょう》なバランスで混じっていて、控《ひか》えめに言って最高です。

いつものようにお兄様の素敵さにもだえていたら、モコがぴとっとくっついてきた。

体の中で膨《ふく》れ上がりそうになった魔力が、すうっと引いてゆく。

モコ、いつもありがとう～。

「にーたまに絵本を読んでもらう時に、寄っかかりたいでち」

「そうだね。僕もそれは気になっていたんだ。ロバート博士に相談してみようかな」

ロバート博士は私の主治医だ。

魔力過多の発作ですぐ死にそうになる私のために、お父様が探してくれた、魔力過多のエキスパートだ。

「こーゆーのがいいでち」

念のためと思って、私はクッションの形を指定した。

いつもお兄様の似顔絵を描《えが》いているスケッチブックに、クロワッサンの形を描く。

色鉛筆《いろえんぴつ》はないから、黒でいいかな。

形が分かりやすいから、大丈夫でしょ。

私はさらさらとスケッチブックにクロワッサンを描いていく。

うん。こんなものかなぁ。

人をダメにする感じのクッションとはちょっと違《ちが》うけど、寄りかかりやすくはなりそう。

「これは、あちゃ、ご飯の時に食べまち」

「朝食の時に……？　ああ、なるほど」

さすがお兄様。

私の絵が上手なのもあるけど、すぐに分かってくれたみたい。

「じゃあ良さそうな素材が見つかったら、すぐに作らせるね」

「あい！　だいちゅきでち、にーたま」

思いっきり抱きついて、ぎゅうっと抱き返される。

ああ、幸せ……。


数日後、さっそくお兄様はクッションの試作品を持ってきてくれた。

人をダメにする感じのクッションの中身は、スライムっぽい何かだそうだ。

え、何か、ってナニ？

お兄様に聞いても、にっこり笑って教えてくれない。

いや待って。

この中身って、なにー⁉

凄《すご》く気になるけど、お兄様からのプレゼントを受け取らないなんてありえない。

もちろん喜んで頂きました。

でも、クロワッサンってこんなのだっけ……？

確か層にしたパン生地《きじ》を二等辺三角形にして、くるくる巻くんじゃなかったっけ。

これはどう見ても、カシューナッツの形だ。

しかも豆っぽい緑色。

はて？

なんで緑色なんだろう。

クロワッサンなら茶色いはずなんだけど。

「にーたま、これ何でちか？」

「うん。レティの大好きなお豆の形のクッションだよ」

「豆……」

私が豆好き？

そりゃあ、体にいいから良く食べるけど、別に大好物ってわけでは……。

どっちかっていうと、よく食卓《しょくたく》に出てくるから、お兄様のほうが豆好きなんだと思ってた。

それともお父様かな。

まあどっちでもいいんですけどね。

なんといってもお兄様からのプレゼントですからね！

「座ってみるかい」

「あい！」

白くて丸いラグの上に、緑色の大きな豆のクッションがあるのは、なかなかシュール。

自分もお皿の上の食材になったような気分になるなぁ。

そう思いながらクッションに寄りかかる。

「ぎゅにゅって、ちてまちゅ」

おお、ちゃんとぐにゅってしてる。

かといって、適度な弾力《だんりょく》もなくしていない。

これ、限りなく『人をダメにする感じのクッション』に近いのでは？

さすがお兄様！

私のあれっぽっちの説明で、『人をダメにする感じのクッション』を作ってしまわれた。

「にーたまも、座るでち！」

私はちょっと横にずれて、お兄様が寄りかかれるスペースを作る。

お兄様。

一緒にダメな人になりませんか……？

お兄様は笑顔《えがお》で座ってくれて、一緒に座り心地《ごこち》を確かめてくれた。

「これからは一緒に絵本を読む時も疲れないね」

「あい！」

私は元気よく返事をして、クッションに寄りかかった。

お兄様の好きな豆の、クッション。

私も大好きです！

番外編　お父様からのプレゼント（レティシア二歳）

ある日、お父様がにこにこしながらベルベットの箱を持ってきた。

「今日はね、レティにプレゼントがあるんだよ」

はて？

プレゼントということは、今日は何かの記念日なんだろうか。

でも私の誕生日じゃないし、私が目覚めて一周年のお祝いというわけでもない。

モコがうちに来た日だったら、プレゼントするなら私じゃなくてモコだし、一体なんだろう。

首を傾げながら、モコを抱《だ》っこして何だか期待に満ちたまなざしをしているお父様の横に座る。

公爵《こうしやく》家の高級なソファーはふかふかで、まだ二歳の私はそのまま埋《う》もれそうだ。

そのままポフンと背もたれに激突《げきとつ》しそうなところを、後ろにいたお兄様が支えてくれた。

「にーたま、ありがとでち」

まだ舌ったらずなので、ちゃんとお礼が言えないけれど、お兄様は「気をつけてね」とにっこり笑う。

ああああ。

至福の微笑《ほほえ》み、ありがとうございますううう。

途端《とたん》にぶわっと増える魔力《まりょく》を、モコが吸収してくれる。

ケバケバに逆立ったモコの姿に、お兄様が苦笑《くしょう》する。

……すみません。また興奮しちゃいました。

いやでも、これはお兄様があんまりにも麗《うるわ》しいから仕方がないと思うの。

八歳なのにこんなに麗しくて、これから成長したら一体どうなるんだろう。

早いとこ正式に聖剣《せいけん》と契約《けいやく》しないと、私の心臓が持たないかもしれない。

『む？　我を呼んだか？』

自分の名前を呼ばれたと思って、すかさず聖剣が話しかけてくる。

（今は呼んでないです）

『しかし最近は我のことを忘れておらぬか？　大体聖剣たる我に対する態度が少し軽いのではないか？　もう少し』

（ごめんね、今忙しいからまた後でね）

『おいっ、娘《むすめ》──』

聖剣ってばずっと話し相手がいなかったからか、話し始めると長いんだよね。

暇《ひま》なときならいいんだけど、忙しい時には申し訳ないけど通信遮断《しゃだん》させてもらっちゃう。

でも目の前にお兄様がいるというのに、遠くの聖剣と話す余裕《よゆう》なんてあるだろうか。いや、ない。

私の優先順位は常にお兄様が一番なのである。

あ、お父様もいた。忘れてた。

お父様は……お兄様とモコの次かな。

なんかこう、お兄様にそっくりなのに、鋭《するど》さがなくて物足りないっていうかなんていうか。

あとお父様としての威厳《いげん》がない。

まったくない。

むしろ八歳のお兄様の方がしっかりしてる。

「とーたま。今日は何かのお祝いでちか?」

こてりと首を傾げて聞くと、意外なことを言われたというようにお父様がお兄様に良く似たアイスブルーの瞳《ひとみ》を丸くした。

「お祝いではないけれどね、レティによく似合いそうなプレゼントを買ってきたんだ」

そう言ってお父様はベルベットの箱をパカッと開けた。

そこには三カラットくらいありそうな、大きなルビーのネックレスが燦然《さんぜん》と輝いていた。

四角くカットされていて、角が少し丸い。いわゆるクッションカットって呼ばれている形だ。

カット面が大きいから、宝石の透明度《とうめいど》を引き立たせて光《ひか》り輝かせる効果がある。

宝石は、前世で好きだったから結構詳《くわ》しいのよね。

というか好きになったのは『グランアヴェール』がきっかけだけど。

ジュエリー会社とのコラボで、キャラのイメージに合う指輪が限定発売されたの。

真ん中にそれぞれのキャラの瞳の色の宝石を置いて、その横に小さなダイヤを配置するというシンプルなデザインだった。

値段はファングッズにしては高いけど、がんばれば買えそうな絶妙な値段。

主役のアベルはシャンパンカラーのインペリアルトパーズ。

エルヴィンはエメラルド。

フィオーナ姫《ひめ》は真っ赤なルビー。

そして私の最推しであるセリオス様の指輪は、クールに輝くアイスブルーサファイアで、豪華限定バージョンだと、アイスブルーダイヤにランクアップしてた。

前世ではブルーダイヤは凄く稀少《きしよう》価値があって、天然だと0・1カラットでも百万円くらいしちゃうので、指輪に使われていたのは加熱したトリートメントダイヤって呼ばれるものだ。

でも透明《とうめい》なダイヤを加熱してもどの色になるか分からなくて、それが奇跡《きせき》的にセリオス様の瞳の色になるわけだから、トリートメントダイヤでも尊い事には変わりはない。

大体、ルビーとかサファイアだって普通《ふつう》に加熱処理されてるんだもん。ダイヤだけ偽物《にせもの》っぽい扱《あつか》いをされるのはおかしいよね。

もちろんセリオス様にすべてを捧《ささ》げたといっても過言ではない私は、それまでコツコツと貯《た》めていたお年玉を全額はたいて買い……たかったけど、さすがに高すぎて買えなかった。悲しい。

そういえばこの世界でルビーやサファイア、エメラルド、真珠《しんじゆ》は見たことがあるけど、まだダイヤモンドって見たことがないかも。

まだ発見されていないなら、私が天然物のアイスブルーダイヤを買い占《し》めたい！

だってお兄様の色なんだよ？

他の人には一カケラすら渡《わた》したくないに決まってるじゃない。

……って。

ちょっと待って。

今思い出したんだけど、お兄様の指輪って、アイスブルーダイヤの隣に小さなピンクダイヤがついていてなかった？

目の色じゃなくて髪《かみ》の色だけど、あれって私の色じゃない？

っていうことはつまり、私とお兄様は、公式公認《こうにん》の仲良し兄妹《きょうだい》？

ふおおおおおおおおお。

そんな奇跡《きせき》があるのかしら。

凄く嬉《うれ》しい！

そうと分かれば、あの指輪をなんとかして再現しなくちゃ。

お父様が買ってきてくれたルビーも綺麗《きれい》だけど、やっぱり宝石といえばダイヤモンドだよね。

「ちゅてきなネックレシュでちけど、レチーには大きすぎまち」

プレゼントに喜ぶのを期待して目をキラキラさせていたお父様は、私の言葉にがっくりと肩を落とした。

待って。そんなに落ちこまないで！

「大きくなったらちゅけまち」

そう言うと、お父様は分かりやすいくらいパアッと笑顔になった。

本当に、公爵家の当主とは思えないくらい分かりやすい性格だなぁ。

「でもレティにはもっと可愛《かわい》らしい色が似あいそうだよね。ピンク色の宝石は何があったかな」

お兄様の言葉にお父様も同意する。

「確かに、妖精《ようせい》のように愛らしいレティには、もう少し柔らかい色が似あうかもしれないね」

ルビーは鳩《ピジョン》の血《ブラッド》の色が、一番価値があるんだけど。血の色だもんね。ちょっと物騒《ぶっそう》。

フィオーナ姫は赤い瞳だったから似合ってたけど、私にはちょっと似合わないかもしれない。

この世界にはダイヤモンドってあるのかな。

あればアイスブルーダイヤとピンクダイヤの指輪が欲《ほ》しい。

コラボの指輪もいいけど、どうせなら完全受注生産で販売《はんばい》された豪華限定バージョンの、ピンクダイヤの周りをアイスブルーダイヤで囲んだ超《ちょう》ゴージャスな指輪がいいなぁ。

お兄様に守られてる感じがして最高じゃない？

「にーたま。とっても硬《かた》くて透明でキラキラちてる宝石はありまちぇんか？」

「硬くてキラキラ？」

お兄様は腕《うで》を組んでうーんと考えた。

お父様も腕を組んで考えこんだ姿がそっくりで、微笑ましい。

「硬いというなら魔石《ませき》だけど……」

「魔石でしゅか」

そういえば魔石なんていうものがあったね。

魔物《まもの》が死ぬと魔力が固まってできる、魔力の塊《かたまり》の石だ。

それを使って魔道具《まどうぐ》を動かしたりできる。

「何を使っても削《けず》れないくらい硬いから、そのままの状態で使うしかないんだよね。大体は丸い形をしている」

も、もしかしてそれはダイヤモンドでは。

ついにこの世界でもダイヤモンドを発見⁉

「魔石に含《ふく》まれる魔力をすべて放出すると、透明な石になるんだ。ただ硬くはないんだよね」

「硬くないでちか」

透明で硬いなら、いずれ聖剣を使ってスパスパ切っていけばダイヤになるぞと思ったんだけど、そううまくはいかないかぁ。

あ、でも透明じゃない石ならどうだろう。

アイスブルーダイヤかピンクダイヤにできないかな。

「うちゅい水色の魔石はないでちか」

私の質問にお兄様は少し考えてから答えてくれた。

「北の方にいる魔物が落とす魔石が薄《うす》い水色かな。氷の魔《ま》法《ほう》を使ってくるんだ」

「それでち！　それが欲しいでち！」

それ絶対アイスブルー色！

やったぁ。とりあえずお兄様の色はあった。

じゃあ私の色も探そう。

「ピンクはないでちか。レチーの色でち」

髪の毛をつまんで言うと、お兄様は私の頭をなでてくれた。

えへへ。お兄様に撫《な》でられるの好きです。

もっと撫でてください。

「ピンク色の魔石はなかなかないんだよね。レティの色だと……ごく稀《まれ》にスライムが落とす幸運の魔石かな」

「なんでちか、それ」

「スライムは滅多《めった》に魔石を落とさないんだけど、その中でも滅多に見ないのがピンク色の魔石なんだ。幸運を呼ぶお守りとして大人気だよ」

なんと！

幸運を呼ぶ魔石なんて、私にピッタリなのでは。

お兄様、その魔石が欲しいです。

「じゃあ探してあげるね」

「ありがとでちー。にーたま、大好き」

やったぁ。そしていつかは透明なダイヤモンドも見つけて、お兄様と私のコラボ指輪を絶対に作るぞー！

楽しみ～♪

番外編　バレンタインだから推しにはチョコを貢ぎたい！（レティシア三歳）

小説『グランアヴェール』の暦《こよみ》は、一カ月が三十日で、十二カ月で一年になる。

つまり、この世界には二月十四日が存在するのである。

もちろんバレンタインデーを祝う習慣があるわけでない。バレンタインの元になった聖バレンタインがいるわけじゃないしね。

しかし、前世日本人、そして心から崇拝《すうはい》する推しがいるならば、バレンタインデーは必《ひっ》須《す》のイベント。

前世でも私は病室のベッドの脇《わき》に祭壇《さいだん》を作り、そこにセリオス様のイラストを立てかけチョコを捧げた。

看護師さんとかに変な目で見られたけど、そこは推しを布教するチャンスとばかりに、思いのたけを訴《うった》えたのだ。

大体は笑顔でスルーされたけど、ちゃんと読んでくれる人もいたんだよね。

……なぜかエルヴィン推しになっちゃったけど。

とはいえ『グランアヴェール』の話ができたのは楽しかった。

バレンタインも、セリオス様の祭壇を作るのに材料を買ってきてくれたり、カプセルトイを買ってきてくれたりと、色々協力してくれたっけ。

そして今、私の目の前には推しその人がいる。

となれば、バレンタインにチョコをあげるのは必然だよね！

幸い、この世界にはチョコレートがあるから、それをプレゼントすればいいわけで……。

でも、ただ普通のチョコをあげるんじゃ、おもしろくないなぁ。

といっても、三歳児の私では凝《こ》った手作りチョコレートなんて作れないし。

うーん。どうしよう。

悩みに悩んだ私は、夜寝る前に良いことを思いついた。

これだ！

私はさっそくドロシーに頼《たの》んでチョコレートを手配した。


そしていよいよバレンタインデー当日。

私はお兄様とお父様を誘《さそ》ってお茶会をした。

日当たりの良い一階の部屋でのお茶会で、大きな窓があるから外の景色が良く見える。

花壇《かだん》には冬咲《ざ》きの薔薇《ばら》が咲いていた。

「にーたまとおとーたま、来てくれてありがとでち」

まだちゃんと「さしすせそ」が言えないので、ちょっと赤ちゃん言葉になってしまっている。

恥《は》ずかしいけど、どんなにがんばっても無理なのだ。

カタコトでも意味が通じればいいやと、最近では諦《あきら》めました。

「レティ、お招きありがとう」

ああああああ。

にっこり微笑むセリオスお兄様の顔の良さよ！

私はドロシーに子供用の椅子《いす》に乗せてもらうと、膝《ひざ》の上にモコを置く。

お兄様たちはテーブルの上のチョコを見て、不思議そうにしていた。

なぜならそこには丸や四角のチョコではなく、スプーンの刺《さ》さったチョコが置いてあったからである。

「どーいたちまちて」

ペコリと頭を下げると、お兄様とお父様の顔がほんわかと緩《ゆる》んだ。

うんうん。お母様譲《ゆず》りの顔の私、可愛いもんね。

しかも無敵の幼女！

可愛さマシマシなのである。

私はドロシーに合図して、ホットミルクを持ってきてもらった。

ローゼンベルク家の紋章《もんしょう》が描かれたカップからは、ホカホカの湯気が出ている。

いかにも高級です、って感じのカップだけど、公爵家では普段使《ふだんづか》いだ。

落とさないように気をつけなくちゃ。

「その……このチョコはこのまま食べていいのかな」

お父様がちょっと途方《とほう》に暮れたように、目の前に置かれたホットミルクとチョコを交互《こうご》に見た。

「ダメでちゅ」

「ダメなのか……」

シュンとするお父様に、私は慌《あわ》てて言い直す。

もー。お兄様をそのまま大きくしたような怜悧《れいり》な美貌《びぼう》の持ち主なのに、捨てられたわんこみたいな表情をするのはやめてー！

「これは、こーやるのでちゅ」

まだ「さしすせそ」がちゃんと言えないから、かみかみで喋《しゃべ》る。

でも、態度はキリっとしてるはず！

私はチョコに刺さったスプーンを取って、ホットミルクの中に入れる。

すると、チョコが溶けておいしそうなチョコレートドリンクになった。

全部溶けたところでスプーンを取り出してお皿の上に置く。

両手でカップを持って飲むと……。

「おいちい……」

ほわ～んとした気持ちで呟《つぶや》くと、お兄様とお父様が競《きそ》うようにスプーンをカップの中に入れてかき混ぜた。

お父様よりちょっとだけ早くチョコを溶かしたお兄様が、カップの中身を飲んで少し驚《おどろ》いたような顔になった。

ふふふ。

おいしいでしょう～。

疲れた時にも抜群《ばつぐん》なのよ。

「これはレティが考えたの？」

お兄様に聞かれて、私は「うーん」と言葉につまる。

私が考えたっていうと嘘《うそ》になっちゃうなぁ。

どうしよう。

あ、そうだ。

「夢でみまちた」

私が断言すると、お兄様はアイスブルーの目をまん丸にした。

ふおおおおお。

可愛いカッコイイ〜！

ぶわっと膨らむ魔力を、モコがすぐに吸い取ってくれた。

危ない危ない。

ついお兄様の魅力《みりょく》に負けそうになってしまった。

「夢で？」

「あい」

お兄様にじーっと見つめられるのは嬉しいけど、それ以上のことは言えないから困る。

私はごまかすようにカップを両手で持ってホットチョコレートを飲む。

やっぱり、おいしいなぁ。

しかも前世から最推《お》しのお兄様と一緒《いっしょ》に飲んでるから格別だよね。

「そうか。レティは特別な子だから、神様が教えてくれたのかもしれないね」

お兄様はにこっと笑ってホットチョコレートを飲む。

やった！　お兄様も気に入ってくれたみたい。

推しにチョコレートを貢ぐミッション、完了《かんりょう》～！

「チョコレートのまま食べるのもいいけど、こうやってホットミルクと一緒に飲むと体が温まる」

お父様も目を細めてホットチョコレートを飲んでいる。

えへへ～。

二人とも気に入ってくれたみたいで良かったぁ。

この世界にバレンタインはないけど、毎年二月十四日にはお父様とお兄様にチョコをあげようっと。

お兄様！

と、お父様。

ハッピーバレンタイン！

あとがき

この度は『グランアヴェール　お守りの魔導師は最推しラスボスお兄様を救いたい』二巻をお手に取って頂きましてありがとうございます！

皆様の応援のおかげで、こうして二巻をお届けすることができました。

今回は前半部分と後半部分でかなりの時間経過があります。

前半部分はまだ小さいレティシア。

ただ精神的にはそんなに変わっていないかもしれません。

相変わらずお兄様第一主義で、前世の推しとの生活に狂喜乱舞しています（笑）

後半部分では、ついに学園に入学し、小説『グランアヴェール』の主人公アベルと出会います。

このアベル、レティシアが小説で読んでいたのとは、ちょっぴり性格が違っていますが、本質はそのままです。

つまり、小説では語られなかった真実がこれから明らかになっていく予定ですので、引き続きどうぞ応援をよろしくお願いしま～す！

それにしても今作は本当に趣味に走らせていただきました。

まずは推しのキャラクターソング。最推しのキャラを演じている声優さんに、目の前で情感たっぷりに歌ってもらったら……レティシアじゃなくても歓喜の涙を流しますよね。

実はあの歌詞の相手は、フィオーナ姫じゃなくてレティシアなんですよ～。

魔力過多で眠ったままのレティシアを思って、セリオスが歌った歌なのです。

それを聞いてからもう一度歌詞を見ると……なんとなく違うイメージになりませんか？

原作でも、お兄様はレティシアをとても大切に思っていたのが伝わってくれればいいなぁと思います。

そして今回、大活躍するのが指輪です。実はこの指輪、ジュエリーバレーさんというショップにお願いして、そっくりなものを作って頂いています。

というか、作ってもらった指輪をイメージして、まろ先生にイラストを描いて頂きました♪　まろ先生ありがとうございます！

元々、宝石は大好きでルースを集めていました。

異世界恋愛を書いていると、瞳の色や髪の色を宝石にたとえることが多いじゃないですか。それでルースを買うんですけど、できれば室内や外での輝きの違いを確かめたい。だけど枠が高いからなかなかジュエリーにお仕立てできない。

そんな時に出会ったのがジュエリーバレーさんです。かなりお安くお仕立てして頂けるので、いくつか作ってもらいました。そんなジュエリーバレーさんに興味のある方は、インスタで@jewelryvalley0808で検索してみてくださいね。インスタライブ必見です。

さて、今回も担当編集様にはお世話になりました。

そしていつも素敵なイラストを描いてくださっているまろ先生、本当にありがとうございます。

とにかくレティシアを見るお兄様の眼差しの優しさに、毎回きゅんきゅんしています。聖剣《ラン》もカッコいいですよね～。特に手袋を取るシーンは全世界の執事スキーの胸を撃ち抜いたと思います。……中身おじいちゃんだけど（笑）

それからファイアCROSS様にて夏河《なつかわ》もか先生によるコミカライズが始まっています。レティシアが、普段は可愛いんですけど、たまに顔芸が炸裂するのが最高です。

また皆様と、ぎゃんかわレティシアと最推しお兄様の物語で、お会いできましたら幸いです。

二〇二三年九月吉日　彩戸《あやと》ゆめ

次巻予告

獣王連合国から無事に帰還したエリーは、
父に続いて兄・エイワスと顔を合わせることに。
ついに、王国にその居場所を知られてしまったエリーは、
慎重に次の動きを考えていた。

そんな危機的状況のさなか、帝国は5日間にわたる祝祭シーズンに突入!!
兄の動きを警戒する中、屋台に大道芸人、武術大会とお祭り騒ぎの帝都を、
エリーはアリスたちと楽しむことに――

どんな状況でも娘と祝祭を楽しむ天才令嬢による
大逆転復讐ざまぁファンタジー、第5弾!!

ブチ切れ令嬢は報復を誓いました。

The Furious Princess Decided to Take Revenge

―魔導書の力で祖国を叩き潰します―

5

2023年冬、発売予定!!

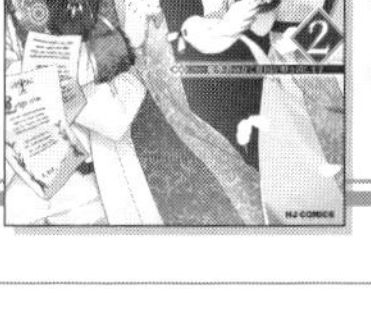

HJ COMICS
コミックス第2巻
大好評発売中!!
漫画 おおのいも

第2巻 製作決定！
次は、逃亡魔王様の
楽しいダンジョンライフ!?
引退魔王は悠々《ゆうゆう》自適《じてき》に暮らしたい
He had already retired!
辺境で平穏な日々を送っていたら、女勇者が追ってきた
vol.1
山川海 著
YAMAKAWAUMI
illustration 鍋島テツヒロ

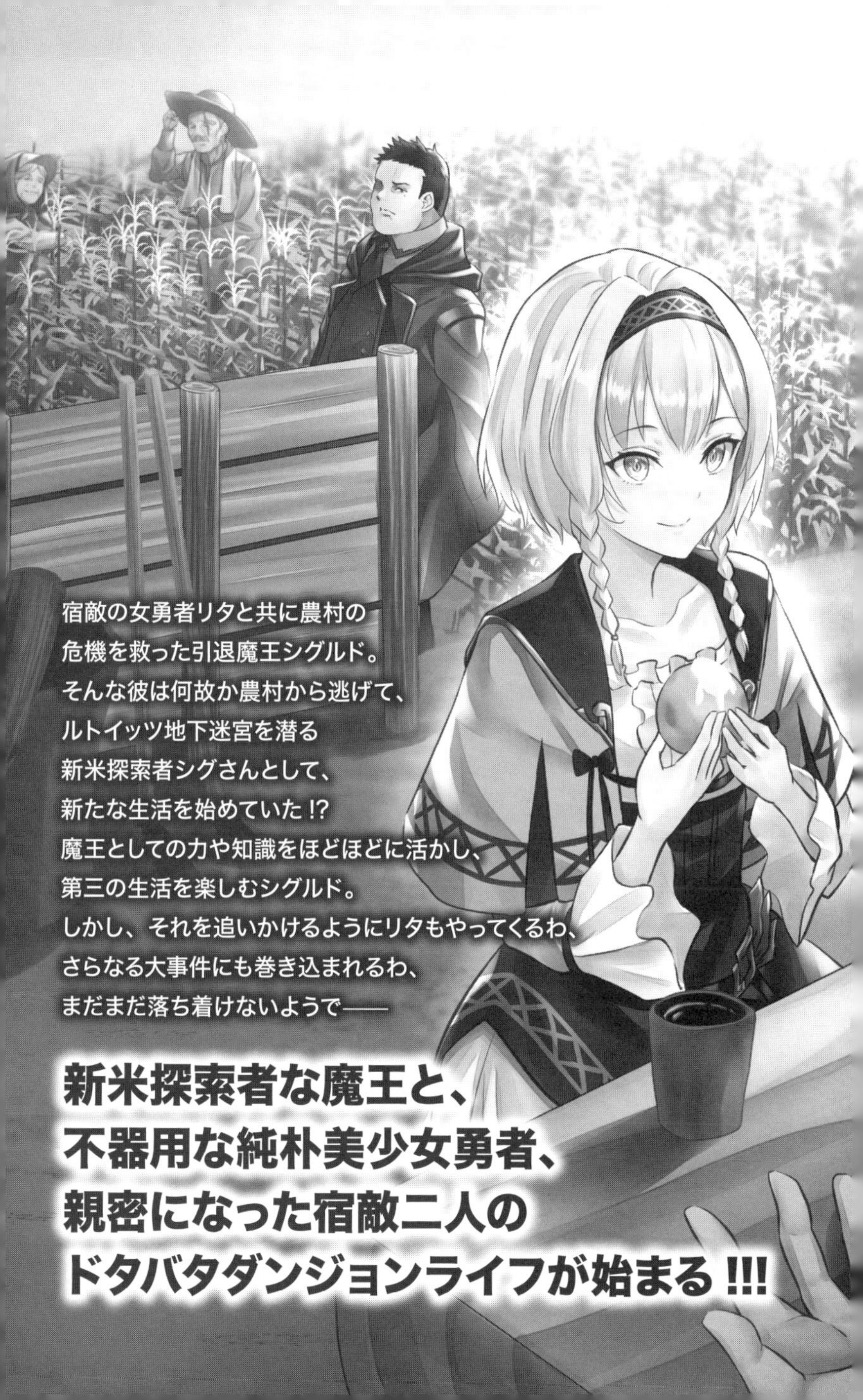

宿敵の女勇者リタと共に農村の
危機を救った引退魔王シグルド。
そんな彼は何故か農村から逃げて、
ルトイッツ地下迷宮を潜る
新米探索者シグさんとして、
新たな生活を始めていた!?
魔王としての力や知識をほどほどに活かし、
第三の生活を楽しむシグルド。
しかし、それを追いかけるようにリタもやってくるわ、
さらなる大事件にも巻き込まれるわ、
まだまだ落ち着けないようで——

新米探索者な魔王と、
不器用な純朴美少女勇者、
親密になった宿敵二人の
ドタバタダンジョンライフが始まる!!!

HJ NOVELS
HJN70-02

グランアヴェール 2
お守りの魔導師は最推しラスボスお兄様を救いたい

2023年9月19日　初版発行

著者――彩戸ゆめ

発行者―松下大介
発行所―株式会社ホビージャパン
〒151-0053
東京都渋谷区代々木2-15-8
電話　03(5304)7604（編集）
　　　03(5304)9112（営業）

印刷所――大日本印刷株式会社

装丁――小沼早苗（Gibbon）／株式会社エストール

Printed in Japan

ISBN978-4-7986-3271-1　C0076

ファンレター、作品のご感想お待ちしております

〒151－0053　東京都渋谷区代々木2－15－8
(株)ホビージャパン HJノベルス編集部 気付
彩戸ゆめ 先生／まろ 先生